我把自己埋進土裡

玖芎 著

我在我的世界爆炸後就去了土耳其留學

目錄

輯二：土裡

附錄

推薦序

玖芎的女版「野孩子」

張亦絢

一九七〇年，楚浮拍出《野孩子》。電影根據十八世紀的醫生伊塔爾（Itard）的紀錄改編。儘管是重構，也算是楚浮片單中，少數具有一定真實根據或說紀實性的作品。有回我與外國友人聊起，對方立刻謙道：「人文社科不是我的專長，『野孩子』的主題可能要問社會學學者。」原來「野孩子」或「野丫頭」，並不是我們形容丟丟石頭嚇嚇小貓、不太乖巧的小孩——有人定義「野孩子」也是「在人類社會之外，或邊緣成長過的孩子」。

《野孩子》裡的維特多被發現時，約十二歲。不會說話，長髮披肩，四肢著地前進，有人認為他是白癡。後來對現實中維特多的研究，也有人指出他可能是被虐待或遺棄。楚浮聚焦在伊塔爾與維特多的關係，很可能的原因是，楚浮不只關注兒童，對「重返社會」或「社會融入」有很複雜的體驗。眾所周知，他本人就被關進類似少年感化院的機構中過。伊塔爾辛苦地想要教會維克多說話與作為人類的基本知識，比如睡床不睡地板等——但楚浮並不一味讚賞「人類文明」。有一幕是維特多想要淋雨，那可能是他過去的愉悅，但「被淋濕」卻被「人類常識」不假思索地認為要避免。因為無法教會維特多說話，被當作特殊教育先行者的伊塔爾，認為幫助維特多社會化的努力是失敗的。但楚浮的用意比較不在這部分，反倒是藉由這一章，警惕人們在文明與非文明之間畫界的慣性，是否太過想當然爾？而強制「學習」在什麼水位，會從人性變成反人性？哪些權力關係必須檢討與改變等？才是大哉問。

進入厚顏系的傳統

我在討論玖芎的《我把自己埋進土裡》的一開始，先想到的「野孩子」概念，比較近於楚浮的——換句話說，「野」就是能感受，所謂規矩、教育、語言表達、社交技巧或泛稱為「人情世故」的東西，並非絕對善或絕對正面。——當它作為使人驚慌失措或得以排斥厭惡他者的「標準」時，它也是恐怖、懲罰與剝奪的化身。這個道理，批判「事物放諸四海皆準」的社會學中，有過許多具體案例的呈現。有個著名的例子是談兒童回答「香蕉顏色是黃或黑」，要看他們社區的超市一向進的是新鮮或快過期的香蕉——並不是智商決定答案，而是生命經驗。如果對這個問題有興趣，《我把自己埋進土裡》中的反覆變奏，絕對會衝擊你心，並帶來超乎預期的收穫。

生命經驗並不是我們能夠坐享其成的東西。在注意到其緊扣並發揮得淋漓盡致的「野孩子」面向之前，最先令我肯定的，是作者在敘述時投入的心力與技巧。它們高度主觀、盡可能準確、並且「毫無繁文縟節」——這種直搗要害的特質，與第一流作家如太宰治、張愛玲或像翁鬧〈天亮前的戀愛故事〉的「不要臉」功力，深深相通。前輩因為已有文名，不可逆地會被某種敬意滲透，有時無形中削弱大家感受他們創作初始中的「phàinn-khuànn-bīn」（歹看面，丟臉）的力量——這也是我們在談論文學時，常要還原之處。但我相信，對於不那麼失憶的讀者而言，辨認出玖芎「厚顏系」的脈絡與成績，應不困難。儘管書中並不旁徵博引，也少秀出閱讀清單，但若非曾經大量閱讀，甚難有書中的布局敏銳與文字功力。我非常讚賞作者不假手理論，不輕用比喻，為其經驗研磨出的第一手敘事——這裡文學性的誠意是滿點的。

玖芎用來處理的「名為我之物」，看似沒有歷史上的「野孩子」那麼極端——雖然她對「開口」一事情緒複雜，嚴重到曾出現「嚼碎舌頭」這類字眼，使人覺得她幾乎有種「如獸對人」的暗潮洶湧——另方面，她的「野」卻也未必就不艱難。因為所有問題都是內隱的，甚至在一開始是無組織未命名的。渴愛、孤寂、羞恥，誰都感受過，為什麼她似乎「超額擁有」？——稍微總結地說，「她極度沒有安全感」這事，或許對若干讀者也會造成「是否為賦新詞強說愁」的疑惑。而我也是到了本書的後半部，裡頭提到「如廁習慣」的一句，才有拼圖集成之感：「啊，一切都說得通了。」

率真與褻瀆之必要

我希望大家不要誤會，當我說主述者「沒有安全感」，不是在譴責她或認為她本身有什麼錯。我想強調的是，除了先天性格不同外，童年環境的安穩與否，對長成後處理壓力的方式會有影響。即使當我們聽到「虐待」，也不見得能判斷嚴重性。比如「父母不是非常關心我」，是可以有從「見死不救」到「給我自由」最壞到最好的不同等級。我並不是要做心理分析，但我從中讀到的「忽視」，我認為只要對兒童權益有點認識的人，都不會否認那對兒童會造成的傷害。有些人的父母可能忙於工作或離家在外，這都未必會造成傷害，因為導致兒童不安的，不是父母的物理性不在場，而是精神或象徵性的。——後者的「缺席」，其型態可能是「在家卻冷漠」或「在家但製造混亂」等等，這都是玖芎捕捉到的「她的真實」。我們看到她描寫自己長大後，在衛生主題或生活不真實如電影的段落，必須了解那並非挑起潔癖派與非潔癖派之爭，而是關於她如何進入與理解壓力事件與自我。

生命經驗不會寫在臉上，那是不訴說不敘述，對自己都會縹緲之事。《我把自己埋進土裡》是一本率真之書，同時也是褻瀆之書。這是因為率真本就難以避免褻瀆——褻瀆的範圍除了自己的家庭人生，也包括留學土耳其安卡拉一事——偶爾我讀到若干片段，會半開玩笑哎道：「這是要引起外交紛爭了吧。」——玖芎是真的不用外交辭令。

然而，凡是遇到「涉外事件」，都要稍加考慮觀感的「傳統」，本就是對言論自由的箝制。如果玖芎未來是走向文學而非外交，我想不會有什麼麻煩——君不見夏目漱石筆下的留學生倫敦，還不是煞風景煞到不行。我在巴黎的一個同學也是土耳其女生，偶爾我們會聊土耳其的政治與社會。因此，我知道雖然土耳其有其女權傳承，但玖芎所體驗到的不自由與不平等，絕非空穴來風。玖芎在土耳其的見聞錄，也不符合單純英勇、受害或冷靜的類型，但她想要忠於比較大的自我真實，這樣的嘗試斐然成章，頗值細品——儘管她偶爾會將留學生活貶得一文不值，但讀者仍應會發現，那並非全貌，她學會更有層次地看待異文化與母文化，假以時日，我相信她甚至有可能作為土耳其文學與台灣文學的橋梁——如果這本書的這個部分占比較小，原因不過是它並不適合放在「自我歷險記」的散文結構中。

指認軟弱的堅強證言

最後，我想就書中的兩個「禁忌」各說一點話。首先是，關於「真人真事」。我的觀察就在於暴露幅度與創作意圖的比例原則是否合理。而我的判斷是，玖芎已經有所克制了——之所以會有若干細節露出，都與她要審視自己在人際關係中的自我有關——這與她難以了解父母有一定的相關，因為人的表面和諧無法解答自己成長中看到的欺騙或不合，有些少年男女會因為想了解「人這個東西」進入八大，原因在於八大看似通往「隱藏的裡面」，對外遇者的好奇甚至喜愛，也與此有關。

另一個禁忌，是在十四歲之齡就與成年男性交往一事——其實，更禁忌的事也所在多有。對於在性愛關係中，某些明顯的軟弱，書中隱隱指向「因為我飢不擇食」的假設。我想說的是，鼓勵軟弱並不道德，譴責軟弱並不實際——而「飢不擇食」雖常是嘲笑人的話，我們更有必要的是認識甚至同理「飢餓」，並且採取「非鼓勵非譴責」的第三種態度，也就是更深的了解。也因此，我認為玖芎游離出典型少女的證言，尤其應該被置放在她「求生、指認、尋找自我聲音」的向度上來看——雖然這個野孩子沒有人以教導聾啞人的耐性，對她循循善誘，但她自己教自己，開口說出自己的話——這一層的意義非比尋常，而我們當然應該全心傾聽，並不放棄任何對話。

推薦序

破解男性預言，必先置之死地而後生
——《我把自己埋進土裡》讀後感

邱常婷

我在兩年前初次讀了玖芎的書稿，不知為何，最初我總是聯想到希臘悲劇《伊底帕斯王》裡的神諭，抑或是《馬克白》裡向馬克白做出預言的三名女巫。我從《伊底帕斯王》的悲劇中看見想要逃脫預言的人，最終反倒會因此陷入不可改變的命運。而在一些與《馬克白》有關的理論中，人們認為馬克白之所以犯下滔天大罪，不外乎是這三名女巫做出的預言。

被預言所困，乃是文學史上諸多悲劇故事的起因，在我來看，《我把自己埋進土裡》卻無疑是一則年輕女性奮力衝破預言命運的故事，最可怕的是，這並非是虛構故事，而是作者玖芎的真實生命經驗。那麼作為讀者該如何理解這本書呢？自傳性質如此濃厚，又帶點意識流，兩輯承先啟後，死亡與重生，將整本書畫分為埋入土前和入土後，雖是長篇散文的類型，卻有著小說的架構，第一輯寫作者尚未前往土耳其留學，還在台灣時的前半段人生。第二輯則寫作者來到土耳其後面對的文化衝擊與理想幻滅……我想，不妨暫時放下文類的區別，以純粹享受文字的心情從頭讀起。

本書第一輯第一篇開始便以第三人稱「她」描述自己，從身體、性器官、食慾、出生地、出生的季節到家庭。作者並不避諱描述「她」的負面性格、慾望，也或許正因為是以第三人稱書寫，才能以較為疏離的角度描寫實為「我」的「她」。若這本書是一部小說，我相信讀者會為這樣的角色著迷，如此自我耽溺，為了得到愛與溫暖不惜自虐，甚至自陳被強暴也甘之如飴。這般坦承已經是驚世駭俗，作為讀者卻在本書第一頁就不斷被提醒其真實，彷彿舞台劇觀眾與舞台間的幻覺距離驟然抽離，讀者可能在此自問，我真的可以喜歡這個人物嗎？

隨後我們會看見這個「人物」在後續的小節中慢慢成長了，改了名字等於換了新的人生，「她」依然如此渴愛，於是她將愛人與信仰化為同等，卻也在字裡行間承認自己沒有愛人的能力，只知道慾望。但到底什麼是愛？什麼是慾望？總總問題形成本書的基調，我們將會發現一場自我追尋、不斷探問的旅程於焉展開。預言與重複、命定的暗示也開始出現，譬如她的第一位男友有著體面的工作，然而歷任女友都是社會弱勢，因此帶出她也是社會弱勢。而她失格的父親則讓她每每想與符合父親形象的男性交往，直到與自己年齡相仿的另一名少女出現，宛若鏡像般看見了自己的另一種嶄新面貌，以及更為鮮活的人生。（作為對照，她與男友在一起的段落則經常出現衰老、老化的文字描述，使我想起莒哈絲。）在男性與她、少女與她的對照間，也可見男性與她充斥動物般原生態的描述，約會是吃食、做愛的集結，與少女則更是浪漫、魔幻和詩意。

因少女之故，和男性分手的她，最終迎來了自己的第一個預言。那就像文學史上的諸多悲劇故事，起源於神、巫者對一名凡人的預言，而在本書中，悲劇抑或作者的一生，則起源於一名男性對少女的預言：

「她往後必定會走上歪路。她是個無藥可救的女同性戀。」

現在來看，這豈止是一則預言，說是詛咒也不為過。而她在此之前的人生亦彷彿早有定論，女性的身分意味著出生就擁有注定要被刺穿的洞、令人羞愧的原生家庭、男友歷任女友的背景等等。值得一提的是早在章節之初，六歲的她便以「自己刺穿自己」完成對命運的破解，彷彿暗示將來她同樣為了破解來自男性的預言，無論結果成功與否，都會主動做出行動。如此與男友分手後的她，為了擺脫過去，甚至僅僅是為了證明前男友說的話是錯的，她選擇至土耳其留學。

然而等待獎學金結果之時，同樣的命運仍然在重複，好似身處在台灣這座小島，便無法解脫命運，她再次和年長的男性約會，而這次的對象更是一名有婦之夫。由於〈痛覺失調〉這一小節在網路上已有頗多討論，引起的相關事件我不打算多談，只是在此引用我曾詢問玖芎為什麼不以小說的方式公開或尋求出版？如此將更能保護自己和書中的其他人物，玖芎當時的回答是：

我一直認為我的個性很真，但我說的事很常被認為是假的，這個散文作品就像是假的。可能大部分的人不願意正視，就是有人這麼爛這麼不堪，這麼敢秀。我就是不開心，我那些不滿的事都被當作過分的、不能說的。所以我就偏偏要如實記下來，並且絕不會用私小說或任何虛構來混水。難道我的不開心，我經歷的事都是假的嗎？難道我就只能一輩子當個虛假的人嗎？

這可能是我和玖芎意見相左之處，作者為了追求真實而選擇以散文的方式呈現作品，固然有其意義。但小說中的虛構也並非沒有真實之處，也並非沒有力量可言。虛構和虛假不是同義詞，同時就像小說無法百分之百是虛構，就算是散文，也無法百分之百真實，作者也必然會在字裡行間以更為戲劇性或文學性的方式為讀者呈現自己或事件的面貌。

然而，這也不會是欺瞞。

或許我可以這麼說：《我把自己埋進土裡》是一本允許讀者討厭作者／主角的散文集。作者沒有把讀者當笨蛋，她呈現自己所見的真實，但也允許相悖的真實存在，因此產生了某種特殊的真空，在這真空狀態裡，不僅僅是支持與讚美，其他各種反對意見、批評與責罵，都有存在的可能，而這便是這種特殊類型的散文集所擁有的獨特之處，也是本書之所以能打動讀者、引起漣漪的原因。

回過頭來談第二輯「土裡」，無論文字氣味、時間、地點和人物，都與第一輯不同，唯一相同的是敘事者「她」，那依然厭世、自我耽溺且滿是缺陷的她，帶著期待和對異國的幻想來到土耳其，迎接的卻是幻滅的開始。在玖芎筆下的土耳其，不像大多數人既有印象充滿異國風情的建築、有趣的人和美食，相反的，由於是留學生身分，她除了要學習新的語言、適應新的生活以外，原先在台灣面臨的各種問題也沒有因為來到土耳其後就此消失。土耳其社會厭女且保守，人們普遍信仰宗教，倘若聽到你沒有信仰，會無法接受。種族歧視也很嚴重，甚至有老師在課堂上直接稱她散播病毒。

透過她的眼睛，讀者得以看見一幕幕荒謬戲劇，悲情中卻又帶著一絲幽默，譬如在課堂上被同學孤立，宛如再現台灣被國際社會孤立，她卻說問別人知不知道台灣，就好像在問別人相不相信鬼。土耳其發生政變，土耳其年輕人大多不理會政治，因此連談論的可能性也沒有，安卡拉大學更以恐怖分子名義開除九十名教授。又或者教授勸她到外頭走走，和熱情的土耳其人接觸，可她只想到外頭土耳其男性如何將一名遠東女子性化，走在路上她永遠不感到安全。

在〈炸得一點都不剩〉中我們更看見一場恐怖攻擊如何奪去生命，她孤身一人身處異國，自身過去是一場糊塗，尚未得到療癒，身體和心靈也尚未成長、強壯起來，又是一連串新的刺激和可怕災難迎面而來。強烈的恐懼與孤獨之下，她卻寫：

軟糖上沾著白雪般輕柔的椰粉，咬下柔軟的軟糖，沒有人比軟糖還待我溫柔，濃郁的奶味盈滿我的舌尖，確實是全土耳其最好吃的軟糖。

此處寫千瘡百孔的人如何被柔軟甜蜜的零食包裹、治癒，所表達的其實更是無法治癒，香甜軟糖對比不遠處的殘酷爆炸，是我最愛的一段。

隨著本書來到接近結尾的部分，她收穫了新的愛情，同時和第一任施予預言的男友重逢，在寫作上是首尾呼應的情節描述，但同樣的，也是真實。乍看下似乎畫成了一個圓，卻談不上圓滿。而無論是與前男友再會抑或整本書的結局，都出乎意料地不具意外性，相當地日常與平淡，曾有的愛恨與殘缺，到了最終既無和解，也沒有消弭問題源頭，只是帶著同樣的缺陷與問題，繼續往前邁進，日復一日活下去。

在我看來這便是人之所以為人。

玖芎以如此赤裸跟銳利寫下她的第一本書，其中有稚嫩、有不成熟，甚至十分強烈的愛恨，但無論如何，我相信她擁有的更是無人能擋的勇氣，以及毫無疑問的寫作技巧與判斷能力，以至於她能夠破解加諸自身的預言，並將所有的不成熟化為獨特的角色與作品風格。

《我把自己埋進土裡》無疑是一本這樣的書：描述男性預言之於少女，將使她受創瀕死，而在自我活埋後終能重獲新生，也必然是來自於她內在的堅決力量，以及文字的救贖。最終當少女慢慢成為一名寫作者，或許她會不斷說「是」，對社會大眾，對不相信自己的人，她會說「是」，而其他人會說「不」，一遍又一遍，真正的寫作者會持續說，一直說，「是」，直到有一天這個聲音被聽見。

各界推薦（依姓氏筆畫排列）

每一位喜愛收聽《寶島少年兄》的有緣人，都是嘗盡人間冷暖的有情眾生。作者玖芎是忠實聽友，身為節目主持人，回應聽友的期待應是我們的義務，然而《我把自己埋進土裡》這部剖心之作，讀來令人心疼，甚至忘了我們到底該如何表達自己的共鳴。玖芎「殺死」自己無數次，也重生了好幾個輪迴，我始終相信人生歷經的萬象必有意義，受苦也是。《我把自己埋進土裡》是一本種下苦果之書，卻也從土裡長出奇妙的、脫俗的生命樹。

——七號、宜蘭（寶島少年兄）

在這個一上網就能出國的年代，逃脫是很簡單的事情。只是在逃跑以前，我們需要先學會擁抱世界突如其來的惡。土耳其人的好客偶爾轉眼能成好色，德高望重的教授瞬間能被打成恐怖分子；就像賣土耳其冰淇淋的老闆們只能接受自己捉弄顧客、不能接受顧客捉弄他們一樣，生活中的所有愛國人士大部分都是雙標黨。對於那些不認識土耳其卻突然選擇來到這裡就學的年輕人們，我深感佩服，同時也極度遺憾。玖芎透過本書再次證明，成為一個作家的首要條件，便是坦誠地直面自己的內心。記錄下所有一閃而逝的恨，是她原諒世界和自己的方式。

——王子沃（說土語的臺灣菸酒生）

因特殊的結構，時間的兩斷，我在閱讀前有過失禮的預想，會否如流行歌知覺：「我的愛恨已入土」或類同蘇菲・卡爾的《極度疼痛》——觀看著ALL IN的他人之旅，那些物質意義與私密言語的自我包圍與指證歷歷。然而，一份命運咒詛在篇章起首就發生、就揭露，鑽穿這部作品的，是一名女子如何從糾纏半生、高於一切，從必然受縛的恐懼試圖逃開。或因擁有相對權勢者的打算馴服與支配，或因曾經親密，隨口一說，遂成了作者玖芎「被說死」的未來，成了生命與情感的預言或暗示。經常是排序肉身且貶抑性別的噩夢，亦有凝結的惡意。而寫作者那樣雙關的「埋土」，總伴隨反向的「挖掘」。雖難以完全同意那些激越且尖銳的形容——如此受罪、負罪、得罪，甚至求罪，連自剖坦承的文字也推到極致的險境。卻也能明白：她渴望抓住真實，讓人「聽懂」。最終不過想為自己說話，想要說好自己的語言。篩出穢暗，從今以後，而有生機。

——林妏霜（作家）

玖芎的《我把自己埋進土裡》讓我們看到，不管是人還是國家，只要是想要好好活著、存在，就會被當鬼看。但這些被當成鬼看的人或國，也是可以有尊嚴地活，甚至比那些假鬼假怪的人與國還有尊嚴。

——林蔚昀（作家）

玖芎的文字袒裸，美麗，誠懇，那是只有曾走過死蔭之地的人才能寫出的語言。她挖開肉身與精神的血瘡，如徒手去剝除一株花的華服，露出最脆弱最柔軟的蕊芯，但她並不畏懼被剝落，反倒展現得勇敢而坦然。我想，某些人生下來便是受語言之神眷顧的，而玖芎寫著紅塵世間事，字句之間卻有著灼目的靈光，刺痛我們的眼睛，重擊我們的心思。至於愛——多少書籍與節目不停地談論，談論著如何去愛，如何被愛，彷彿不具備愛的能力，就不具備活下去的資格，但又有誰明白愛對某類人而言，是一種幻術般的奢侈？玖芎早熟地看穿了一切，她筆下的愛驚心怵目，愛是殘酷的獸，一張口將人吞噬，屍骨無存。在玖芎的文字裡，我看見了生存的真實，而這份真實恰是我始終追索的、文學與生命的本質。

——崔舜華（作家）

旅居海外時，解除魔法一般地破解外國無瑕的美好想像是必然。然而不同於優雅摘下太陽眼鏡的姿態，作者如撕去創口貼一般地把異國濾鏡猛然撕下，揭露出長長的疤；舊的結痂上還產生了新的傷口。在湛藍的博斯普魯斯海峽映照之土耳其生活時，作者意識到世界上並沒有奶與蜜之地；逃到天涯海角，創傷都如影隨形。

作者敘事給我的感受，是一個「敢」字，她勇於自剖，也剖開身邊的世界：細細分辨許多遊子不敢與人言的國族、性別、甚至不可言傳的社會規範（Social norms）之光怪陸離。坦誠地測繪身為海外台人的生活經驗。其中對於台灣人民與國家有如「不存在」狀態描寫之精準，令人拍案叫絕。玖芎的直言不諱，讓人在共情共感之餘，湧現一種過癮之感。

本書可以說是近期出版最生猛的旅外書寫之一。

——賀婕（詩人、畫家）

輯一：冬雨

她

洞。

如果我更早知道自己不過是一個洞，我會更用力地捅爛自己，反正都是早晚的事。

六歲的她害怕地看著手上的血，她不小心忘情地探索到過深的地方。她感到不道德，這樣的快樂非常不道德。她將因此被嫌棄不再純潔。她常常想戒掉這件事，她看著《玫瑰瞳鈴眼》中被壓在身下的女人的臉，內衣廣告中美麗的身體，這些都讓她感到興奮，她深愛女人的身體，她享受女人慾望的表情，她也想成為露出這樣表情的女人，她想立刻變成女人。她不道德的快樂帶給她莫大安慰，比填滿她身體的食物更讓她快樂。

六歲四十五公斤的圓形身體，她隨時隨地都很餓，她只要吃下一口，就會被大人用盡言語侮辱恐嚇，就算如此她還是要大哭大鬧，無恥地再要下一口的食物。

未來的她終於變成趨近M號的體型，她還是會為了男友說如果朋友看到她很丟臉，使得她為食物既快樂又痛苦起來，她會自願用手指伸到喉嚨裡催吐，不吃任何東西，直到頭髮都乾枯成亞麻色，身體還沒扁下來，男友已經變成前男友。那時的她甚至還不知道她會因為一個女人的離去，聞到食物的味道就想吐。現在的她，六歲的她，只是感到非常地餓，她的身體腫得要爆炸但其實空得要命，她還是不滿足，她要再吃下一口。

我從來不記得她的樣子。因為她也看不到自己的樣子，她就因為看不到自己多胖，美醜的觀念才未植於她心裡，她是一個單細胞生物。

母親說以前的我眼神無光，我那時不太留心什麼。當我回想過去，像是漫步在大霧中，朦朦朧朧，濕氣厚重，一切都被雨浸透冷到骨裡，我漫無目的地走在裡面。這是宜蘭的冬雨，我出生的季節正是冬雨開始的時候，我的一部分永恆地浸在裡面。雲層靠近宜蘭平原，便困在山巒直到雨落盡。我好像縮在一個厚重的龜殼裡，我既聽不到也看不到，所有的事物模糊不清，這是種防衛機制。

她住在旅館裡，旅館是她的家，她阿公阿嬤的事業。

她的父母總是繁忙，把她留給在家的阿公阿嬤小叔。她印象中她都是自己一個人，鄰居的小孩討厭她，幼稚園的同學也討厭她，她不明白為什麼無法跟他人融洽相處，她想要的不過就是一份關係。

六層樓兩棟透天厝打通的旅館，有許多客房，她以後將會很習慣躺入任何一間旅館的房間，不管是散發著廉價香水味，浴室門是透明玻璃的愛情旅館；還是裝潢豪華擺著八腳椅的汽車旅館；沒有一絲性氣味正經的商務旅館，這些房間都是她的逃離，房間的樣式和要進行的事都帶給她一種固定和秩序的安心感。此刻的她已經知道要跑了，她還不知道能去哪裡，她依舊攬和在裡面。

爭吵聲能穿過所有的牆壁，所有的樓層。她還沒有學到那麼多的言語可以表達，全部的感受都只能悶進已經肥得誇張的身體裡，她唯一學到的解決方法就是吃下去。

她常常待在一間號碼是二〇一的客房裡。那是一間沒有窗戶，擺著一張雙人床，有一間衛浴，一個電視和梳妝台，一台冷氣的小房間。她常在裡面待一整天，這是她住的第二個子宮。她會關掉房間的電燈，在黑暗中看電視，整間房間似乎變成了一個洞窟，電視的畫面就是世界的光，她緊盯著螢幕幻想有天她要踏進去。

很多人以為的年紀太小是她成長太快。

她是標準的電視兒童，在一個人的客房觀望世界。她過早從中學習到不該知道的事，她媽媽責難地問：「妳不應該這樣說，妳從哪裡學來的？」她學會了說謊和假裝。她的應該和不應該，在她理解前，她要先為自己的存在本身道歉。

她存在的源頭，說穿了就是她母親結婚照上隆起的大肚子，到後來她才知道生命的源頭是激情的動作，那時她還搞不懂。她還與父母睡同個房間時，她常想為什麼母親無法忍住，她老被他們的呻吟聲，他們蓋著棉被的摩擦聲，完事後他們去沒有燈的廁所沖洗，都會吵醒她。在有人對她說愛、感受到愛之前，她先從父母學到性，之後她幾乎以為可以從這種動作中，搾出一點類似於愛的東西。她渴望有人緊緊擁抱她，像是電視螢幕上看起來的快樂，若是有一點溫度，就算被強暴也沒關係。

為了省電錢，旅館的走廊總是陰暗的。她非常怕穿過那些廊道，若她逃得不夠快，在陰影中的鬼魅魍魎便會吞下她，重過一次這個家族失敗的過去。她媽媽罵她最嚴重的話就是妳跟妳爸有什麼兩樣。這是個父親缺席的家族，阿祖是與女人私奔的風流鬼，阿公是個把家族賭沒的賭鬼，而她父親是力挽狂瀾依舊全盤皆輸的長子。

這些頹廢的因子，皆成了陰暗走廊裡的鬼魅魍魎，時刻埋伏在她身邊。

阿嬤無法阻止阿公把家賭光，要求大學畢業的父親放棄大好前途返鄉。雪隧開發前的宜蘭工作機會稀少，父親便決定考取土地代書開業接案維生，因代書收入不穩定，他便去參與里長選舉，總共選上了四屆。父親可稱上家裡較正常的，至少還講得出他做的工作。

在這樣的家庭多少會染上點異常和偏差，父親也不意外地扭曲了。他做地方政治人物，愛吹牛到說謊的地步，愛面子到選擇性地失憶。他最在乎的是他人眼裡看起來如何，遠遠勝過實際上如何。

父親對外人表演完後，他就盡可能脫卸所有責任。他老是在裝作沒看到不知道，小至水龍頭漏水，大至母親回娘家離家出走，他都要等到不可挽救時才要處理，並且總用一種本末倒置的爛方法讓事情暫時平復，他叫的水電都是里內的兩光師父，東西都修不好，他和母親吵架時就罵她閉嘴，利用她的心軟繼續奴役她。

沒有一件事情被解決，事情只是過去了，成為她記憶裡的汙垢。

她真希望這個家族，真的只是被過去的鬼魅魍魎詛咒，父親的行為常讓她感到無法解釋。

她記得幼時家裡附近的夜市開了一間情趣用品店，不久後爸爸對著幼稚園時的她和弟弟秀了一個新玩具，是一根粗大的膚色陽具按摩棒，父親打開開關讓陽具振動，然後再把玩具藏回衣櫃，這個超現實的記憶讓她一度不敢相信，後來她跟弟弟求證才敢相信是真的。父親常常要求小時候的她親吻他的嘴、他的臉，每吻一次就會給她一些錢，現在想起來自己的廉價大概是從那時候開始的。

父親如同過去的父輩扭曲了後代，父親使她萌生了此生唯一的殺意。六歲的她抽起唯一拿得動的水果刀衝向父親，刀子輕易地被打掉，她沒有被打或教訓，她父親只說了一句：「妳這不孝的。」

這件事顯現出她父親的失能。沒有人在意她為什麼恨父親恨到想殺了他，每個人都罵她不孝，竟然如此待自己父親，在家庭這塊她知道她將會被大部分人誤解，因為大部分的父親不是這樣。甚至有人問她說難道是父親打她才讓她恨，她感到這是莫大恥辱，她父親教訓她的時候都只有他心情不好時，沒有任何道理可言。有一次是父親要她和弟弟一起去台灣銀行排新年紀念幣，父親被記者朋友訪問。隔天父親開心地拿報紙給她看，她只是覺得沒什麼好驕傲便在自己的臉上畫了豬頭，然後就被父親打成豬頭跪在地上。她從來沒在這個家庭中學到什麼，從沒人值得她尊敬，她更常感到可憐，當她連自己都感到可憐，她又感到沒資格，這世上還有更多更慘的人比她更有資格可憐。

國中的時候母親因為摘除避孕器懷孕了，父親笑著說：「你們要有弟妹了，我把你媽的肚子搞大了。」他嘻皮笑臉地說這件事。她聽了後嚇得不敢問母親。不久後母親一下班就躺在床上，她看見母親異於平時經期的虛弱，在陰暗的寢室裡昏昏欲睡，當她回想時畫面都染紅了一層血色快要流出視角的邊界。此後她害怕自己身上的洞，生育是集體人類的詛咒。

她很長的一段時間都對母親感到抱歉，若是婚紗下的肚子沒鼓起來，那母親是不是會有另一種人生呢？

她想著傷心的資格，存在的資格，被愛的資格，她老是覺得不夠格。這導致她成了一個空洞的人，這世界上有一種洞跳下去時以為是在填滿自己，不過是類抽插的空虛罷了。

溢

她會胖，除了形而上的原因，還有形而下的因素。

隔了一個馬路的距離，便是她的應許之地。

上幼稚園前四歲的她，一個人便能吃下一客牛排，自她吃過牛排後，就忘不了那種美味。她每天都要吃牛排，如果吃不到她會哭到對街都聽到的程度，她的母親會無視她的無理取鬧，而阿嬤則不，在這種放縱下她理所當然胖成一個圓形。

她的出生備受期待。阿嬤對於長子的頭胎是女兒這件事非常高興，她可說是最被阿嬤疼的孫子。

矛盾的兩面隨時在她心裡擺盪，她自認自己的出生是母親的不幸。對於她阿嬤則不是，阿嬤生了三個兒子，一直想生女兒。她懷小叔時深信應是個女兒，當家人說小叔個性的乖舛時，總怪在他懷胎時被阿嬤當成女孩，所以有著女性的負面特質。阿嬤是如此強烈地希望有個女兒。

阿公阿嬤身體還健康時常參加旅行團，只會帶著她這個孫子。她早早就已環島完，也出海遊過外島。家人總稱讚她很乖巧，別人家的孩子在飯桌上鬧，她則拿筷子靜靜吃飯。她只在願意的時候配合，她很早學會拿筷子但她到五六歲還在咬奶嘴，她的任性都是被縱出來的。

她肥胖的身材是由於她吃得太多，家人驚異她像個大胃王，不被人關注的她把這個當作自己的優點。以前家人常去吃到飽餐廳聚餐，她會為了吃下更多而偷偷到廁所催吐。過多的都是一種浪費，她一直沒得到她真正想要的，別人給的都不是她需要的，她很貪心地吃下去也只是撐死自己罷了。

那些不是她真正想要的幸福，以肉的形式溢出於她的身體。

母親常常安排大大小小的旅行，由於母親是大公司的員工，可以用員工價住進很多集團底下的奢華度假村，她原本不認為這是什麼特殊的經驗，高中時她認識了一個從沒踏出宜蘭從沒家族旅行的朋友時，她才理解她是幸運的。小時候父親還會跟著去，但他到了外縣市後就只想在飯店裡睡覺，不准他們晚上出門，因為很「危險」，所有不愉快的事都跟父親有關，父親從來不知道什麼是旅行。她小時候的旅行只不過是從家裡的旅館住到另一個飯店罷了。

公司偶爾會要求母親到台北進修上課，只要母親到台北便會買禮物給她，在繁榮的台北百貨中挑選鄉下宜蘭未有的新奇玩具，正版的芭比娃娃，整套的紅色扮家家酒包含瓦斯爐、流理台、餐具、餐桌、食物模型，樂高積木，許多的玩偶，現在的她能從玩具的殘骸追溯過去她多富有。母親吃到任何可以外帶的美食，她都能吃到，其中最讓她印象深刻的是冬季限定的鮮奶油草莓三明治，母親還帶過鰻魚飯給她。

小學時母親拿到一筆業績獎金，帶她和弟弟去日本東京迪士尼玩，沒有父親的三人行，一趟堪比夢想成真的旅行。

後來她才明白母親為什麼待她這麼好，因為外媽非常重男輕女，母親到四十歲時還因外媽的差別待遇哭泣，所以母親待她和弟弟總是非常公正的，甚至她偷偷認為母親更愛她。

她弟弟因腎臟的問題得到台北就醫。雪隧未開時，他們會一起坐兩個小時的自強號，停在福隆時母親會到月台買便當，她總很擔心火車就這麼開走了。邊吃便當邊欣賞沿途風景是件愜意的事，聽說現在已不能在福隆車站買便當了，這樣的美好只停留在過去了。看完醫生後，母親會帶他們出去玩，他們去過台北科博館、圓山兒童樂園還有許多她忘記的地方。媽媽說直到高中畢業，她考上專科學校時她才第一次來台北，而她和弟弟從小就能經常往返台北。

那時弟弟的身體異常多病，一年會住院兩三次，時不時就感冒，但去台北看醫生這件事，回想起來是一趟趟愉快的旅行。

母親說她小時候很幸福。在她沒有記憶的時候，她似乎很幸福，母親說小時候她常常笑，她想應該是因為母親讓她快樂。

母親是這麼好的人，她便希望母親也幸福。

她最早的一個記憶，是在她快睡著時燈忽然亮了。父親在半夜回來了。他老是在這個時間回家，但她從來不知道自由業的他為什麼總在外面，父親常常不在讓她鬆口氣，因為父親在的時候總是會發生不好的事。母親走去房門邊跟父親說話，父親邊脫下外套邊說剛剛跟朋友去礁溪嫖妓，然後他們便吵起來了，父親憤怒地把沉重的鑰匙往地上一砸，金屬的聲音很響。

父親永遠都做錯事，他們時常吵架。她很早就對母親說離婚吧，一個上幼稚園前的小孩竟然懂了什麼是離婚。但她同時也很怕母親離婚離開，就剩她一個人跟父親，到時誰來洗衣服，誰來替她綁頭髮。父親是無能的，他不會洗碗，甚至會把喝過牛奶的杯子，吃過的餐具直接放到乾淨的碗盤中，只因為他不想處理。父親很愛吃西瓜，每到了夏天地板總會被父親留下的黏膩西瓜汁液和西瓜子占據，他吃完後就把西瓜殼留在原地，任蒼蠅飛來螞蟻爬去，導致她一見西瓜便噁心，她因此絕不吃西瓜。父親在家常穿著發霉破洞的衛生衣褲，然後坐著看電視當著她的面抓雞雞，抓了也不會洗手，繼續握遙控器碰觸家裡所有的東西，父親的雞雞好像永遠在發癢。父親什麼也不會，所有的家事都是母親做的，只要一想像母親離開，她便感到一切都將失序了，沒有人要養她了。

她小時候都在恐懼地等母親離開。

她的生命都綁在母親身上，她誕生在母親中，再把母親剖開才有了她的呼吸，之後她不管是喜歡抑或厭惡，皆被灌飲了母親的奶水，之後的弟弟可沒這般的待遇，因為她是母親的第一個孩子，她曾是母親唯一的孩子，她獨享了弟弟從未有過的待遇。不管母親多善待她，都不能讓她幸福，因為她在乎母親的幸福使她不能相信幸福，她老是在想像被拋棄的那一刻，所有的幸福因此滿溢。

她學不起來任何事情。

她縮在自己本身之內，用水泥牆築起的堅固防衛堡。對她而言外面的世界太銳利，太多她無能為力的事情，她只能把自己關起來，她無能拯救自己。她用自囚隔絕使她難受的事，她不能專心去想任何事情，一旦保護機制開始瓦解就是她碎裂的開始。

她是個沒心沒腦的人，一個單細胞生物。太多事情對她而言都太複雜，她致力於遺忘勝過記住，她只求繼續麻痺。所以她的雙眼如一灘混濁的黑泥，雙瞳沒有任何光彩，如果她睜著眼睛躺在地上便是一具真正的屍體。她走路的姿勢學自她的父親，雙腳外八拖著腳走路，這個走姿簡直是從她的阿公身上複製貼過來。從幼稚園到高中任何有關舞蹈的課程，她總會被點名招去特別指導，她沒辦法控制自己的身體，她是個沒有身體的人。

會被欺負的人都是異於他人的人。

她胖得顯眼，她笨得讓人笑話，她成為幼稚園裡被欺負的對象。此後她永遠在留心如何締結關係，如何找到同伴不要被人盯上。

防衛機制使她迷迷糊糊，渾渾噩噩地沉浸在如深海般的地方。她不明白為什麼其他人可以好好坐在教室，她時常坐在教室裡，心思便漸漸地漂移，她聽不到他人的話語，老師的教學。她因看不懂現在幾點被老師罵飯桶，她這個胖子真的吃了不少飯呢。她到幼稚園快畢業時才學會注音符號。她常忘了寫作業，她也不知道怎麼寫，她母親也沒有教她的餘裕。她時常在課堂上被老師點名，抽走她充滿塗鴉的課本，還是推倒她的書桌，說她太髒了。她默默地把課本撿起來，一本一本好好地疊起來，或許她該感謝老師，這是第一個告訴她要乾淨的人，她父親的家庭根本沒有規矩。

她非常害怕任何人教她。她常常教著教著就被罵了，她還是搞不懂，但她知道老師或是母親很生氣，她也不明白他們在氣什麼。

她不適合上學，她一直聽不懂，她學不好，她很笨，很多人這樣說她，她也知道自己很笨。母親甚至懷疑她的智能，她曾被送到醫院檢查，結果很正常，她想不正常的是別的，可是沒有一個家人會認錯，沒有一個人會負責。

小四的時候她的舅媽對她的肥胖負責，舅媽把她帶到桃園一起住一個月進行減肥計畫。桃源是種名字的隱喻。

她後來才明白並不是因為在舅媽家吃得少動得多，而是在沒有父親家人的混亂之下，她不再異常地飢餓，她得到想要的安靜，學到了基本的家教，正常的生活方法，正確吃東西的分量。

母親想出的辦法是改名，她和弟弟都改過一次名，弟弟因為體弱多病改名，她則因為太笨改名。弟弟從天空改名變成一座大山後，穩定地不生病；她則從母親的慈愛改名成睿智後，她的眼睛開始晶亮了。

她和弟弟的過去都在改名的時候死去了。弟弟有了健康的身體，而她瘦了下來。她和我有著不同的外貌，分別有著不同的名字，我和她是兩個不同的人，只是共享同一具身體，共享一樣的過去。

母親改掉了我的名字，撕掉了我過去的保衛機制，我赤裸地再誕生一次。那些被我摧毀的空洞開始填補上新的事物，所有的感受和刺激被我用顯微鏡放大了數倍在感受，我毫無防備任感官淹沒自己，我開始懂得開心和難過，此後我夜夜哭泣了好幾年。

神明

誦經聲嘹亮於耳，我跪坐於信徒中，雙手合十跟著大家念日語佛經。母親說唱題才能改善家裡的狀況，唱題是母親宗教的術語意指唱念《法華經》。

學會的聚會場所，暗中帶著紫光烏木製成巨大的神壇，第一個入眼的是矮桌上的白色蠟燭與鮮花供品，再往上看是墊在矮桌上的日式神壇，如一個打開的大櫃子裡面掛著卷軸，由梵文和漢字混合書寫的掛軸是御本尊，創價學會無佛像，如佛界伊斯蘭教不崇拜偶像，御本尊崇高不可冒犯，御本尊凝望跪在地上誦經的信徒，那是日蓮大聖人的佛法，或可以說是藉著日蓮大聖人名義成為偽神的池田大作會長。崇拜著偽神的宗教，就是我母親信仰的創價學會。

我從未相信過宗教。

母親從少女時期就參加學會活動，小時候母親常把我帶去參加座談會，也就是他們的宗教集會。創價學會使我懷念，學員都是和藹的人，他們主張就算不解經文，只要唱誦《法華經》，一次又一次地唱題，便能改善生活完成夢想。比如說有信徒負債千萬，持續唱題後便成功還清負債；信徒得癌奇蹟康復，這些信教後得到的正向經驗都稱為體驗。過去在母親的洗腦下，我真的相信唱題能改善一切，又因為我的家庭沒有任何改變，反倒更加惡化，讓我認清了創價學會不會實現我的願望。

學員們都被創價學會救贖，唯我母親沒有。但她還是依舊虔誠唱題，她的經聲縈繞在樓層中，老家的牆壁和地板完全擋不下任何聲音。尤其在父母大聲怒吼吵過後，我聽到母親的唱題聲都會毛骨悚然，在房裡手持念珠唱題的母親看起來像是一尊紅色的鬼，一個形影縹緲卻堅定地留在原地受苦待成佛的鬼。

◎

比起宗教我更相信真實的事物，H曾經是我全心信仰的人。

他決定了我的命運，我去留學的決定都得感謝他，他將我的生活真正導向了好的方向，用了近乎摧毀我整個人的方式。

交往前我曾去過H家一次，他與父母同住在天母。我隨口說想看他收藏的刀。聽了後他先打電話回去，沒人接起話筒，確定無人在家後才敢帶我回去。以他的朋友來說我的年紀小得異常，我是十四歲的國中生，他是工作好幾年的三十二歲大叔。

H的父母在他年幼時離異。某任繼母長期家暴他，他因此開始習武，迷戀上刀子，他隨身都會帶小刀來防身，他對人的防衛意識異常地高。他心靈破碎的部分讓我安心，我也不是個完整的人。

從大路拐進小巷，一路無車也無人，靜謐得連時間也凍結。我家位於宜蘭市的鬧區，家後是一整條的酒店街，家前是夜市，家旁是醫院。周圍的路永遠車流不息，大千世界的聲音源源不絕地穿過耳膜。我們走至一間約四、五層樓高的公寓，推開紅色的鐵大門後走上有年代感的水洗石子樓梯。他家的客廳擺著一套紫檀木硬沙發和木桌，鑲著螺鈿的紫檀木發著絢爛且沉穩的光芒，眼睛所及之處都沒任何髒汙，正常的家庭都是這樣地體面。H的雪茄保濕盒擺在客廳顯眼的位置，所有的器物都是沉默的，在我看來都是種身分的炫耀。

我看著他家的客廳想著自己家的客廳，藍色塑膠貼片的地板常常蒙上一層灰，桌子常發黏，有的椅子已經壞了不能坐，除了走道的地方都堆滿了雜物。母親很少請朋友來家裡的原因，是她覺得家裡的環境很丟人。

最重要的是他家的客廳擺著創價學會的神壇，而我母親只能手持念珠。日本的樂天拍賣網上的神壇一個至少要價十一萬台幣；錢之外的問題是家裡所有的空間幾乎被雜物塞滿，家裡壞掉的東西多於可以用的東西，但卻不能丟棄任何東西，家裡的人節儉地想可能哪天會用上。

大部分的創價家庭都有能力供養御本尊，但我家卻不被日蓮大聖人保佑到有這樣的餘裕。

一個人外表不管再怎麼好，都可以從家看穿他的外表，在我眼裡住在天母的H雖不算富貴也算小康。丟人的老家顯示我是下層階級，內心的樣貌如我的生肖，是一隻尋覓豐腴家庭寄生的灰色家鼠。

關上家裡大門，H擋住所有逃跑的可能性對我說：「妳不怕我在家裡把妳殺了嗎？」他的語氣簡直像天氣真好一樣愉悅。

我口頭上回答不會，我相信H是個好人。其實我內心認為一隻家鼠的死去，根本不是件令人難過的事。每天想著要殺死自己，我也是這樣欲求著。如果H能殺了我，那真是求之不得呢。

H把我帶到他的房間，是一間有榻榻米的和室，給我看他收藏的刀。

他展示給我看數把武士刀，我有種衝動想把手指靠上，看鮮血會不會流滿冷豔的刀面。

我看著他自保的工具，自我毀滅的慾望卻盈滿我的心。其中最漂亮的是大馬士革紋的匕首，綻放著油閃閃的藍綠色花紋，忍不住伸手碰了刀鋒，便被H輕拍了手背，這一打讓我回到了現實，他對我的作用就是把我引回一般人的道路。

我會服從於H是因為我打從心裡害怕他。

他對外表自我放棄，無所節制地飲酒食肉，他簡直是個行走的西洋梨。粗壯的脖子上連結頭顱，有雙細小狹長的狐狸眼睛透露凶光，他看起來像是會殺人的人，一個危險的人。我會叫他H，由於漢尼拔是他給自己的英文名字，取自漢尼拔（Hannibal），《沉默的羔羊》中食人的文雅博士，他很欣賞漢尼拔。H如同漢尼拔有著敏銳的嗅覺和味覺，擅長烹飪；有著漢尼拔的姓氏萊克特（Lecture）那樣地博學。我跟H之間的關係，是我對他的崇拜，我希望可以像他一樣活下去，這其實不一定要發展至情愛關係，但我不知道其他把H留在我身邊的方式。我根本不知道該怎麼維持和他人之間的關係，我只能讓對方深深進入我，陷入於我之中，我才能確定他不會拋棄我。

我離開他家，H帶我去搭公車，站牌旁的椅子已有人坐下等候，剩下的位子似乎勉強容下兩個人，H先坐下後我撒嬌地坐在他的大腿上，天真無邪地在他腿上扭了幾下。之後H說他是從這個動作意識到我的心意。

○

認識H一年後，他向我告白，成為情侶的隔一天，他立刻來宜蘭見我，他要確認我的心意，確認這不是夢。

心臟有力地收縮熱燙的血液，內心很緊張，但四月初的宜蘭讓我冷得四肢毫無溫度，H牽著我的手輕易地發現，便提議去礁溪泡溫泉。

我並沒有一般人所說的愛人的能力。

我做的每個決定背後的理由都是生存，要活下去必須那麼做。我根本不知道愛是什麼，我所知道的是慾望，生理的慾望和求知的慾望，他是我當時所認識的人中最適合的人，我決定要去愛他便成了一件簡單的事，我看上的是很實際的功能。太過年輕所以不知道年齡差，沒有社會經驗不怕人非議；之後我依舊跟年齡長好幾輪的男性交往，是因為我已經習慣了他們的對待，我看不上與我同年的少年，我要一個能拯救我的愛人。

重點不是我愛不愛對方，而是另一個人被我吸引了，便成了俗稱的情侶關係。

約會前我十分慌亂。我不知道要穿哪一件衣服才好，和他交往前我未看過自己的樣子，我從未想過自己適合怎樣的風格。以前若有我穿得下的衣服就該偷笑了。《青春飛踢》中提到：「十幾歲的少年都是美的。」我想那不包括我，過去的肥胖變成強烈的自卑，無論如何都無法肯定自己。挑了母親喜歡的灰色羊毛上衣和藍色的牛仔褲，當時我的衣服都是母親買的。種種跡象都顯示我毫無經驗，所有關於一個人該有的基本技能都沒有。

我在H的目光之下感到不知所措，我們已經到旅館的房間裡，這些事情在我腦裡演練很多次，但我依舊站在門邊無法動彈。他熟練地坐在床邊，向我招手示意我過去，我挨在他身邊。我看著他的身體感到害怕，他已經褪去了襯衫，露出了上身的肌膚，蟹足腫的傷痕火紅地蝕去他的皮膚，曾經很疼痛後留下的紀念。

他凝視我時我一點也無法反抗，被盯上的恐懼油然而生，他是這輩子唯一可以壓制我的人。他看著我但我沒有權力去直視他，他抬起我的下巴，仔細地看了我的臉，在他的注視下，我這個人才形成。

他吻了我。

衣物自然地隨之褪去。我被他帶進浴室一起清洗順便放溫泉水。走出浴室時溫泉水還沒滿，我們先在床上等待。還沒洗到溫泉，血液就因激情的狀況而充分循環，我想一男一女共處一室，大概必然會發生那件事，這讓我很焦慮。我的處女膜（陰道冠）在小時候已經被我自己玩掉了，當我意識到時我的手已經沾上鮮血。我有可能因此被認為是不乾淨的女人。雖然理性上認為這分明是對女人的壓迫，可是自己還是受此影響。我不在意自己要在今日獻身H，我恨自己是不合標準的。

脫完後，他就沒有跟我有更多的肢體接觸。我們只是在水滿前的空檔中等著，在隱密的空間倚靠著喜歡的人，光是這樣就讓我感到催情的氛圍。我鼓起勇氣偷看他的生殖器，想嘗嘗看的念頭在腦子一閃而過，意識到時我已經跪在他面前俯身含進去了。那時我忘記了包皮的存在，是他自己看不下幫我褪去，我才學到這是第一個要做的步驟。男性的腥味散在口中，並不討厭，反而有種應該要好好溫柔地對待在意的人所有的一切。漸漸硬挺到塞進喉嚨深處時感覺無法呼吸，便換成他取走主導權，把我壓在身下。我並沒有感到特別疼痛，或是官能作品極樂的快感。我的身體那時還未成熟，我還不知道要怎麼控制陰道的肌肉，這一切都太早了，可是我已等待到以為自己枯萎了，一直以來都期待自己可以被填滿，被最渴望最需要的填滿。

初次的性行為是一種練習，是一種體驗罷了。

我的身體是因為他的碰觸才有意義，不然只不過是一團鬆散的肉。

步出旅館，他要我選晚餐。我才國中二年級，沒什麼獨自到餐廳的經驗，H的嘴巴很挑，這讓我很煩惱到底該選什麼好，最後我選了一間裝潢看上去得體的日本料理店，從門口無法看透店內，是個適合說話的幽靜場所。下意識中選了隱密的地方，其實我跟他走在一起沒人會質疑我過度年幼，我的外表早就被慾望和傷心，這些如瀝青般黑色黏膩的事物老化了。

餐後甜點是暗紅色的紅豆湯，如果有流出血來，我會更接受自己一些。H說他並不在意這種事，是不是處女都無所謂。我該因此感到被赦免而放心嗎？自己不應該因此煩惱的事，「道德」的事還是緊緊地勒著自己，自己應該為了「不道德」受到懲罰，如果其他人可以受到解放，那我就是要受罪的，無法控制自己地這麼想。

這世界的標準是，年紀大的男子得到年輕的女子不是犯罪，是一種能力的炫耀。H壓根沒有不道德的感覺，就算產生了點悖德也只是增進他的興奮和炫耀，他得到了幼小的少女，他只知道世俗的法律會判他有罪。

喝完甜點，我吃下這個晚餐的重點，H離開旅館後立刻買的事後避孕藥。

我的身體殘留著他的精液，少女的身體是藏不住祕密的，想著母親隆起的肚子讓我感到恐懼。生命是一連串的受苦，此時的自己也有了象徵成熟的來經。為了孕育生命而使女性身體削弱了，身體的差距使女人喪失了數世紀的權力。《聖經》裡寫耶和華對女人說：「我必多多加增你懷胎的苦楚，你生產兒女必多受苦楚。你必戀慕你丈夫，你丈夫必管轄你。」這是男性創造的宗教奴役女性的話術，使生育能力成了一個詛咒。

他說他並沒有想跟我發生性關係，他真的覺得我的身體在發冷。

這層性關係在往後局限了我們的約會，還是所謂的情侶之間不過是這樣的肉體關係。一般人的戀愛，一般人的幸福，我能否奢求，要得到這些東西的資格大概是變成一個心理健康的人，而我喜歡上的是可以取代父親的H，在他人眼中畸形的戀情，不能告訴他人的關係，只有我和他沒有其他見證人的關係，彷彿不存在的關係，不管是性關係還是約會對我而言都不足夠證明我們之間的關係。

送他到車站時我總忍不住哭起來，每一次的見面都像是最後一面的決裂。

○

回到家，或說是一間旅館，真的不過是一個睡覺的地方。

我家總共有六樓，四樓以下是經營旅館。由於生意經營不佳，便把住宿的價格調很低，來住的很多是工人或是流鶯。我常看到面相凶惡的客人，家人都要我小心點，就算走在家裡的樓梯，常常是豎起耳朵提心吊膽，盡量不要被客人看到或是走在同段樓梯。我認為他們口頭叮嚀我，但其實我覺得，如果我真的發生了什麼，他們大概也無所謂，或是說：「啊不然能怎樣都發生了。」之類的風涼話，他們根本不會幫助我，如果真的在乎我的人身安全，就不該讓家和旅館混合，讓陌生的客人四處走動。

走上往二樓的樓梯，一抬頭就可以看到供養的土地公，神壇紅色的燈，發著血光不祥的樣子。賭徒阿公很迷信，常常會在家裡供養新的神像，家裡有什麼好吃的，第一件事就是拿去供給神明，家裡初一十五也都會拜拜。可是每走到神明居住的家裡，就算是大白天都宛若烏雲降下那麼陰沉，家裡面有種敗壞的氣息，陰暗的廊道中鬼魅伺伏，我常在家裡心驚膽跳地走著，一扇扇的房門都是陰間入口似的。

不過今天其中一間客房會亮起，H會來我家以客人的名義投宿，我可以偷跑到他的房間和他過夜。

他來我家第一個反應是好破。

旅館外觀的磁磚都剝落了，入口由於家門前的排水溝有種餿味，客房內的浴室磁磚也掉了好幾大塊露出了水泥，熱水要來不來，客房牆壁還有小孩塗鴉，床單竟然有菸灰落下而生的破洞。他說要不是為了跟我一起睡，才不會住這種破地方。他這麼說後，我才意識到我住的地方比我休息過的所有旅館都還破爛。H開始猜到我是隻貧窮家鼠的事實，他大概打從心裡看不起我了。當時的我不會知道自己家是令人可憐的，我實在太沒有社會經驗了，我根本不知道一般人住在什麼樣的地方。

不斷的落雨和想像都讓我感到無依無靠。

H是知名科大的畢業生，在業界薪水頂尖的設計師，而他歷任交往的女友，都是社會弱勢，很多學歷只有高中，做著低薪的服務業，其中還有受到家庭控制從未工作過的女人，他享受於施捨弱勢的滿足感。十五歲的我成功地扮演這種無助的角色。

他來那天，宜蘭依舊下雨了。依偎在他懷裡時我想著我住的五六樓，只要一下雨便會開始漏水。當冬雨眷戀不走時，雨水會完全浸透鋪在地上吸水的報紙和破衣物，濕氣舔過所有家具，摸上去都是濕的。雨水濕爛腐敗了所有，但卻不能開窗透風，不然會有更多的雨水飄進來，只能死鎖窗戶把濕氣都悶在屋內，散發一種發酵的氣味，行起一種化學作用，伺機而動，等待膨脹的那一天，然後這棟六層樓超量負載房子就會因此爆炸。家是一個搖搖欲墜的大樓，待在裡面常讓我感覺自己的意識也受到了腐蝕，將如父輩們永遠地一蹶不振，所以我討厭回家，自己的家不像是一個家，我甚至認為自己是個無家之人，隨時都在尋找逃跑的可能。

工作多年的H會受我吸引就是這份未社會化，所知甚少就是一種純真。

H的存在穩住了我，他用絕對的權力管控我，他管我的外表，他管我的成績，他管我的交友，他管我閱讀的作品，他管我下的決定，他管我的未來，他管我父親沒做到的管教，他對我以暴力強制，是這種蠻橫的力量才讓我從破碎到完整。

葬禮

我似死猶生地思念他。

這世上除了我跟H，無人知曉我們的關係，我跟他的聯繫僅僅是每日一通電話，對著看不到他的話筒說話，在自己的房間聽著他自遠方傳來的聲音，連一條可見的線都沒有的行動電話，這樣縹緲的道具維繫著我們的交往。

最深的情感放在最單薄的關係上。

若他在約定的時間沒有接上電話，我便會心神不寧幻想他是否發生了意外，我只能聽著沒有接通的語音焦慮，我無法向任何人打探他的消息，我是他不存在的愛人。

失了線的嘟嘟聲，讓我的心越跳越重，我重複祈禱著話筒的另外一頭傳來我熟悉的聲音。我無法動彈地處在原地，任何事都無法做，我碎裂不成形，像是我剛從家裡六層樓高的頂樓跳下去過，任何的思緒都被切得一段一段，所有的訊息都失語不成意思，我僅為了打不通電話而流淚。

他是我當時的僅有，更正確來說我將他視為身體的另一半，情感上所有的支柱，太過在意導致我隨時都在恐懼失去他。

我因為和H的交往，被他關進一座孤島，上帝不也把亞當跟夏娃關進了失樂園裡，這是件多令人喜悅的事情。

家人非常反對學生談戀愛，他們認為這會拖垮成績，戀愛非常不道德。我推測母親的反對是因為，她到三十歲還從未有交往對象，在社會壓力下相親認識父親，讓她的後半人生每況愈下，可以說是戀愛辜負了母親一生。

我來經成為一個少女後，他們耳提面命威脅我，若我戀愛就要打死我。我降生於二十世紀的尾巴，還不被准許自由戀愛。他們為了製造一個好孩子，一個乖巧方便的孩子，我先被當成只要餵食飼料就能成長的家畜，他們再要求奪走我的感受能力，乖小孩應如機器好好上學讀書運作。

H要我像鸚鵡一樣重複他的話，我是一個很好操縱的木偶，我良好地表演掩蓋我和H關係的劇給家人，至此我和家人的關係便斷了。他們不願意知道我真正是怎樣的人，也沒有膽量接受我這個人。每次他們問我要去哪裡，便是我說謊的開始。不負責任的家人給我最好的禮物是自由，讓我有大把奔向H身邊的時間，他們的問話不過是虛應形式，我早就知道了，這是個徒有外表的家族，慶幸有節慶規定家人要齊聚一堂，不然早就連家族的形式都霧消雲散。

最可惡的都是閒雜人士，他們沒嚼舌根就以為自己沒有舌頭。父親是地方政治人物，因此認識了許多人，母親的業務工作使她交友甚廣，整個宜蘭市都是我父母的眼線。H會在宜蘭市下車再把我帶到別的城市。竟然有人向我媽告狀，在車站撞見了她女兒和中年男子走在一起。我父母根本不想管我，但因為外人知道了，他們才要管教我，我得向他們為我不存在的純真辯護。

跟H的關係越緊密，我跟他人的關係便越消退，當我所說的話沒一句是真實的時候，我同樣也得不到任何人對我的真心。跟H在一起使我走得太遠，我一點也瞧不起我當時的國中同學，我找不到跟我站在同一個地方，理解我的人，我的少女時期唯有H陪我度過。

每晚都是我主動打電話給H，電話在他身邊響起，他被動地接起來，都是我主動撲向他。越尊貴的人都是靜止的，開門倒茶奔走的才是下人。我和他之間有層落差，他是那個絕對正確的人，我行為上順從他，依靠在掌握權力的他使我安心，但我內心深處有股不可遏制的衝動，我常常想殺死他，當他和我做愛完後，躺在我身邊沉睡時，我老是幻想自己親手掐死他，他在我的手下漸漸地失去聽覺、視覺直到最後的觸覺，我想成為完全擁有他的人。

當電話打不通時，彷彿他再也不會接電話，他的死亡歷歷在目浮現在我眼前。

我是站在法會中的透明人，人們依序致上最後的思念，我只能站在旁邊，沒人聽見我，看到我，知道我。不會有人通知我他的死亡，沒人會邀請我參加他的葬禮。比起他的死亡，我們之間宛若從不存在，才令我感到深深的悲哀。

我篤定我是他這一生的最愛，無人能取代我。我是他生活中的唯一，他相對的唯一便是我了。是我軟化他失去彈性的心，他整顆心的縫隙都是我延展的分枝，我的少女時期是他這生唯一剩下的感受，我若消失H不過是一個空洞。我的自信來自我的初吻、初夜所有和他一起體會的初次，再也不會重來的初次全都歸他所有。不曾傷敗便不會恐懼的年少，初次的獻身是不顧一切的完整，在僅僅一次的完整中全然毀滅，這是一生志願。

此後都只是再死一次罷了。

泡泡

高二下學期剛開始，E從社團中冒出來，在一群熟悉的面孔中出現一張嶄新的臉。夏日殘存的陽光，把一切照得過度閃耀，接近她時我感到自己被她身後巨大的能量照得炙熱，她用力地擁抱了我，她將身體展向我，把我拉入她之中。她輕易地就撕去我的皮，她將我這個人用力割開來。我不願意承認的自己都被她輕易地攤開，深深恐懼的事物，那些被H藏起來的，全都躁動起來。

換上了女中的制服，騎上紅色捷安特淑女車，到離家十五分鐘的高中，感覺一切都煥然一新。

這是我在人際上最綻放的時期。我學會了被人喜愛的方法，首先得從人群中面容明顯，要有個突出的特點。選擇一個喜愛的興趣，眾多人喜愛的領域，就可以有和他人交流的話題。

過去因寂寞而開始臨摹人類的圖像，沒有可以交談的人便開始想像故事。準時守在電視機前看動畫，逐漸變成購買輕小說和漫畫、畫冊、設定集、少女月刊填滿書櫃。寫作和繪畫是實際會被景仰的能力，閱讀過的作品是和他人共同的連結。一個人時的消遣變成我後來跟人交際的最大本錢。

若一個人無所愛也無所專長，那就是不存在的人了。

對高中有滿滿的期待，完全是被日本漫畫荼毒，漫畫的主角幾乎都是高中生，人生的大事都會在這時候發生，應青春無限地全速奔跑。順利進入動漫社，和學姐們相處融洽，高二當上動漫社的公關，有一起吃午餐的朋友，一起辦活動的幹部夥伴。和朋友聊著喜歡的作品，妄想男男配對，把每個時間都填滿。過去被全班同學排擠，戰戰兢兢跟人應對，尋求分組不要落單，說著自己都覺得無趣的八卦，沒有朋友的日子在高中畫下了句點。

在自己的班級和大部分人疏離，連名字都記不住，下課走出教室後便有許多別班的朋友。太過不在乎一般人眼光，最後變成特立獨行的傢伙。在三千人的女校中，好似螢火蟲在暗中尋找另外一個發光者。

一切都很好，一切都在軌道上，甚至是發亮的，但都讓我有種過度曝光的不真實感，所有事物的輪廓都變得好淡簡直沒有重量了，我飄起來了，我在說話，她們在笑，我在博得她們好感，我在空中看著自己，一切看起來都是正常的，包起我的泡泡，有一層透明的薄膜，誰也別進來。我和她們的談話，從來沒有關於我的事，也沒有她們的事，我和她們都用別的話題，虛構的故事迴避了更深層的交流。

和人建立關係，不過是一種畫人皮的技法罷了。

和H君的戀愛繼續進行著，三年過去，兩人依舊如剛交往時的模式，一個多月才能見一次面，約會時都是千篇一律，上床後一起吃晚餐，在短暫的下午獲得肉體和心靈的慰藉，在他離去時哭泣，依舊回到一樣的家。重複是磨難的一種形式，我一直在等待被H解救，我等待得都要厭煩起來。我最想要的是逃離我該回去的地方，我想要一個歸處。H說時間未到，等我考上台北的大學，就可以和他同居。當我想著和他的未來，一年後的未來，我感覺虛假得像是謊言，連我自己都不會相信事情會成真。他的深思熟慮的完美計畫，是為了避免未成年小情人的罪行被揭發。

我羨慕地看著可以在大街上牽手的人們，大方地擁抱彼此的人。其實跟H交往更像是偷情，連我自己也沒勇氣向他人坦承我愛他。

習慣了想念對方，眼淚飽脹眼眶，僅純屬一種幻覺，淚水苦鹹的感覺發酵成滯留不去的酸，無時無刻都醃漬在思念裡，期待成熟時被他開罐食下，化作他不可分離的一部分。

一人的孤處，還有戒斷性慾，否定自己對性的渴求。能夠追求性慾的人，對當時的我而言唯有擁有貌美肉體的人，螢幕中做愛的女人不都是那些美麗的女優，不然就是纖細的人，那時的我沒發現性慾只是人的基本需求之一。說穿了我也把自己當成一種被觀看的物品。一切都教人難受，全是意識的緣故。

包起我的泡泡，在一戳即破的泡泡裡，我想下一秒我就要掉下去摔爛，我說服自己快結束了，只要再忍耐一下就好。

想著E女的擁抱，她吹在頸間的氣息，她細軟的髮絲搔著肌膚的觸感，她的聲音像撫過砂紙時手指殘存的顆粒感，沙啞的觸感帶有甜美的味兒，彷彿她真的在我身邊，讓我的難受得到一絲慰藉。相較於她溫暖我身體的熱，她照亮一切的光，她的身體顯得過度瘦小。她的身高只到我的肩膀，摸著她的身體時像是摸一具骷髏，完全中性無起伏的身形。她是被破壞殆盡，把人皮剝去後剩下的執念，她簡直是瀕臨毀滅的鬼魂吐出的最後一抹氣息。一般人的應對已經消失在她的情緒裡，她是個崩塌的廢墟，隨時隨刻都在毀滅。她在情緒極端的兩點徘徊，我毫無防備地被她吸入，她的情緒其實也是我的情緒，我已習慣了不去做任何的反應，不去反應的情緒那就是沒有。她笑時快活得可以忘去過去和未來，她哭泣是所有空氣都抽去的窒息，我想像我就是E這個人，我也想擁有表情。

她在失控時來尋求我的慰藉，她將頭靠在我肩上，我不知道她為什麼選擇了我，她找到了我和她之間的相似之處嗎？

她說他們用力敲門，咚咚地震動她整個人，他們叫喚著她的名字，她知道要去開門，但她卻無法起身，不久後門可能會被弄壞用力打開，她的父母會來訊問誰是對的，要她在他們的爭吵中主持公正。她有時會主動衝出去，她感到他們之中有一方要殺了對方。她的父母也都是有頭有臉的人，父親是獸醫師，母親是國中老師，如果她說自己家庭不幸也太不知足了，金錢和名聲決定幸福假象的可信度。E恐懼回家這件事，她生病還是會來學校，她有時連自己怎麼到學校都搞不清楚，她長期徹夜無法入眠，趴在學校的木桌昏迷一整天都更讓她安心。

我從木桌上醒來，午睡結束前的時光，所有人共同沉入昏沉的夢境，一反平時明亮喧鬧的教室，無聲凝固的氛圍，在闔眼與睜眼中消失的魔幻時光。明明醒來了卻覺得還在夢裡，潛意識主導的領域，實行的是最真實的慾望。我把雙手交叉緊緊握住自己的頸子，像是握住E的手永遠都不想跟她分開那樣用力，希望所有痛苦都可以在現在結束，我受夠了，我不想再承受一次，上課鐘聲敲碎了靜謐，清醒和現實一同迎來，有人張開眼睛，我怕被看見而鬆開了雙手，走出教室喘不過氣地咳嗽，覺得殺死自己是件快樂的事。高二的教室在二樓，我走向走廊旁的小陽台，有座戶外樓梯可以從地面走到二樓，學姐結束午休的打工從樓梯走上來，她給我一個巧克力，她說我看起來像下一秒就要跳下去，補充血糖心情會變好。

不是學姐的巧克力讓我沒有跳下去，也不是睜開眼阻止了我，是人皮緊緊貼著我的臉，我會去做出他們預期的反應，人皮跟我真正想執行的事，毫無任何關聯。對於人皮而言，如果沒有他人的目光，沒有他人記憶的自己，人皮壓根不存在，這是懇求他人認可的產物，包在底下的肉體則是毫無懸念地執行最終目標，任何念頭都無法阻止，想要割爛表皮去挖出真實的渴望，矛盾合一的皮和肉體，都為了各自不再受苦而掙扎。

我跟H說了這件事，他說：「這不過是青春的自擾，時間過了就好。這些都是妳對病態的偏好，這都是妳故意自找的。」

我握著手機，甚至有些過度用力到手指發白。我一向是很聽話的，我是乖巧的。如果照著H說的話可以讓自己變成更好的人，變成他最寵愛的人，我便會全盤照做，我信仰他去肯定我現在吸的這口氣不是浪費，他肯定的自己便可以繼續活下去。人會信仰神是因為神擁有比自己更強大的力量，讓那股力量支配自己，全心全意地崇拜，沒有任何一個決定是困惑的，全都是神的旨意，自己所想的都是神的引導，無助的自己不再存在，無時無刻與神同在。

神愛世人，若是神否定了自己，那自己就沒有信仰的資格和能力，神也不再是神。

隱藏起來的表情，在他人的目光便是不存在的，我在一個人的房間時，全都無法克制地流洩而出，人皮的假象，全都被E割開了，她早就看到我的臉，並不是我從熟悉的人群中看到她，而是她走上來把我的臉撕開跟我說我在這裡，她的直視才是無法閃躲的，H看到的是他調教的我。

聽著H的聲音，我假裝自己感覺好些了，我說我了解了，嘴裡說出的話和意識開始分開，包圍我的泡泡越飛越高，我看到了E，逼近她身後的光芒，過度光亮的白導致我再也看不到其他顏色，那其實跟在黑暗裡沒有兩樣。我在炙熱中毫無預警地從融化的泡泡中掉出，在無聲的墜落過程中，我等待有存在感的肉體震碎全身骨肉時才會發出的聲響，那唯一且最後的聲音。

冬雨

接下來發生的事跟天氣一樣，都是無法控制的。冬季的東北季風吹進蘭陽平原便會被周圍的山區困住，形成地形雨，連綿地下三個月。

氣溫隨水氣的增多開始驟降，換上了冬季的制服，撐傘騎腳踏車到學校時通常皮鞋都已經濕了，一早就感覺難受，學校要求一致的服裝，必須忍著濕透的鞋一整天。冬日的天色不過是從陰暗到全黑罷了，這令人厭惡的時間是永無止境似地漫長。

上學的目的只剩下看E女。

她精神狀況好，能夠有反應表達自己想法，讓我聽到真正感到有趣的時刻占少數，那時我未有其他寫作的朋友，她便成為我心中最重要的存在，我當時對寫作和文學，是過度地相信，幾乎可說上是種迷信，那些感觸和力量，對現在的我而言不過是種吶喊，高貴和神聖並不存在世界任何一角，包括我跟E女的關係也不算是。

下課時不是我走向她，就是她走向我，有種說不清的引力，讓我和她老是依偎在一塊。

她比台北的H更像我的戀人。

我當時有種預感，這一切都不會再重來一次，在某一天這些便會全部毫無痕跡地消失，當時所體驗的都是唯一僅有的，一生的隱喻。所謂最刻骨銘心的戀愛，一生追求的戀愛，都是一人的獨角劇。今敏《千年女優》的女主角期待有一天與邂逅的心上人見面，便決定成為演員讓自己放映在世界的螢幕上，讓心上人可以輕易看到她，她演了無數的戲，經歷了無數的人生，她終究是找不到對方，永遠超脫不了的輪迴。在少了對方的愛情中，所有的感情都會封印在自身，所有的幻想與期待都釀造成一種不會好的熱病，現實之外的戀愛，戀愛是一種異常，戀愛是一種變態。E女是我一生的戀情，一生的自我投射，最後這種戀愛的本身已經與E女分割開。

熱病的病徵是，H給我一個融入社會的人皮，E女給我一種摧毀式的解放，後者抵銷了前者。

我深陷在冬雨的濕冷當中，緊裹著棉被還是失溫地發抖，唯有莫名不絕流出的淚水發燙著，一切都原因不明，沒有康復的確切日期，H不滿我的低落，他不相信我真的憂鬱，我的憂鬱在他眼裡更像一種頹廢。他說他被繼母打的過程；他離家出走逃到深山裡沒有任何食物，餓到去偷農舍的雞，一次次離家出走中，在一無所有之下差點要砍下四肢加入乞丐集團；他吞安眠藥自殺沒成功被家人發現強迫送醫洗胃；他說他第一任女友墮下他的孩子，他的人生顯然更加傷痕累累無法挽救，而我十六歲的人生還過度乾淨，我不該憂鬱，我還沒有憂鬱的原因。

寒冷的天氣讓H的健康惡化，他常常感冒無法跟我講電話，我感到孤獨得像被關進單人監獄。我自由行走在人群，我卻感覺一切都遙遠，說穿了不被愛是生命中最大的命題，所有犯罪說穿了都是為了被愛的認可。我母親曾跟我說父親沒殺我憑什麼我恨他，這句話反過來也在講他沒強暴我憑什麼我不愛他。母親和父親都沒犯罪，我還有一口氣就得感謝他們，他們給我飼料，身體就還能運作下去。

我後來才知道什麼叫精神疾病，但我從不知道自己沒生病的日子，我的意識從一開始就告訴我該死，我的失衡在於我竟是一個人，我卻活脫脫地成了一個怎樣也填不滿的洞。

宜蘭的冬雨是綿綿不斷，撐傘嫌小題大作，一切都只是不乾，總是一副濕潤發光的樣子，那樣的光澤像是所有死去的獸，淌在血裡最後的幽暗的一抹神光，在這些炙熱中逐漸冰冷的目光裡發瘋在所難免，像是冬天就是見不得光的陰沉，都是絕對的一定，不然我一定要責怪自己，還有更好的處理方式，有更好的選擇，那些其他的可能只會養出無用的妄想症，我所擁有的都只是唯一一種結果。

我隱瞞了我和H在交往，這是H要我遵守的。我感到快無法拒絕E女時，便坦白了H的存在，E女說：「在我知道以前，我都是在追求妳的。」

她的話緊緊纏繞著我，跟H做愛時我想像著E女進入我自己。一切早就都結束了，我早就完全淪陷於E女。

所有的情感都建築於完全的坦白，完全誠實面對感受，我就捨棄了言語上的謊言，我本身就是一種空虛，再也無法忍受任何的空洞。我告訴了H，E女是如何看待我，H非常鼓勵我去告訴E女我對她的情感，H說他可以接受我們三人的「關係」。以我當時的理解，H的意思就是他接受，我和他的愛情是開放性關係，他認可我去愛E女，他比以往樂觀迫切的語氣中，我毫無疑慮地認為他說的是實話，我從未懷疑H。

曾經我每天最期待的是和H通話，從和E女走近後，我開始難以對H說我愛你，我對H的愛開始變得無法摸透，我不明白從何開始，為何結束，我對他的愛原本是肯定地不需要思考。一種可怕的想法，開始滲透，我理解E是否出現在我身邊都不重要，往後我跟H之間的關係還會有複數的名字，我無法控制自己不受到他人勾引，或是按捺住自己的情感，我對此毫無愧疚，我也不曾想過這樣的念頭會傷害H，我只思考我自己的事。

在和E女告白後，H有來宜蘭見我一次面，他想親眼確認狀況，有沒有繼續交往的可能，我和他坐火車去福隆，專門去吃福隆便當，火車晃過的景象，那一格格窗戶都映出了過去的回憶，在景色轉換之間便遺忘了，那輛列車充滿了道別的意味。H再也不想和我對眼相望，全程他都盯著新買的平板，我躺在他的肩上依舊可以安心睡著，想著這大概是最後一次躺在他身上，再也不可能這樣親密了。我開始想離開他的理由，不管過去過得多歡快，很現實的是我第一個想到的是他身體變差了，十八歲的差距是體力的差距，我在快要分手時才意識到。

我問過他為什麼愛我，他說因為我愛他，這讓我的愛無所適從，難道H也僅是我一人的愛戀，最令我感到強烈的不快的是他不看我了，他再也不想看我了，我該離開了。

因為我對誠實的相信，H和我之間的關係，便在他唯一的實話，他想殺了我之中結束了。

掛掉了和H最後的一通電話，才明白他之前跟我說的都是一種試探，他非常痛恨我的坦白中沒一絲歉意。

從E女撕開H給我的人皮後，引發從秩序脫軌的衝擊，我的感受喪失了。在極大的痛苦中，習慣了就不會察覺自己正在疼痛，只是很空洞罷了。只有更大的痛苦才能讓先前的傷口不痛。

一切都虛假起來，一切都喪失了真實感。

E的所有事情在我心裡揮之不去，我開始在課堂上寫日記，我用書寫重新整理自己，我喪失的真實感是用文字翻譯給自己讀。

冬雨還未結束時，E女的精神狀況更加惡化，她失去了寫作的文字，也失去了說話的語言，我和她找不到任何溝通的方式。那段時間她的弟弟甚至有來聯絡我E女的狀況，E女的肉體和精神，在當時糟到無法控制，似乎去精神病院住了一段時間。名義上我是她的女友，但其實她那段時間都不回應我傳的訊息，我猜測她已經不能再承受更多的傷害，她已經被過度耗損。

我和E女共同認識一位學姐，她沒有任何性魅力和尖銳的稜角，像是圓潤的母親，讓人感到滿滿的愛從她懷裡散出，好想吸吮她的乳頭，成為她的孩子。E女對學姐非常有好感，而我從不是那樣的女人，如果我有學姐那樣安定的力量，我應該可以穩住她，但我不能補足E女的缺憾，我跟E女都是同樣的不足。

我和E女的關係在沉默中結束了。這是她慣性面對人的方式，在得到對方後，她便不知道要如何持續，她更習慣的是被拒絕和失聯。我並不意外和她的關係的結束，讓我難以接受的是，我以為可以撐到冬雨結束。

那時距離畢業還有一年，我和E女再也不說話，也不會對上彼此的眼神。關係還在時，似緊緊纏繞的結；結束時，似一把鋒利的剪刀輕易剪斷的兩段繩子，結終究沒有解開，只是不成形的散開，E女內化成我的夢境，在夢裡我們從未改變過，在夢裡她會對我說：「妳明明知道我們已經不說話了。」她開口對我說話時，我就知道這是夢了，但我還是會義無反顧地將身體埋進她的擁抱中。我反覆地夢見她，長達兩年的期間，E女這個人的存在已經與真實的她沒有關係，我也忘去她的本名，我心中所愛的是我的E女，她已經封存成我的一部分。

我很好奇她畢業後去哪了，但我從來不主動提起她，也不敢詢問高中的共同朋友，E女對我永遠都是個特別、無法啟齒的存在，從頭到尾都是我一人的愛戀。

H要我信仰他的存在，讓我以為有了他，我就可能平穩地活下去，他讓我知道沒有一個人可以阻止我的自毀，我不可能再為了誰活下去。E女是我的自毀慾，自殺的念頭刻印在意識中，我只是不斷忍耐繼續活下去。我感到不被愛而認為一切都無謂，包括未來和自己的生命、自己的存在，也是這份空洞讓我深深地不甘心，我終究是渴望被填滿，就算長久處於寂寞接近乾枯。冬天落下無數大量的雨，常讓我想起王榆鈞唱：「愛是如此多，又如此不足。」

如果那年冬雨沒有下得那麼頻繁，那大概就是另一個我了。冬雨從未真正停息過，如同我從來沒有停止去愛E女。

分手是隕石撞地球的恐龍大滅絕後的哺乳類動物崛起

突如其來，一封來自與H君共同朋友的口信，徹底把我整個人都撞裂，過去的人格和認知瞬間被切裂。和H君分手後，他把我加入社群媒體黑名單，我無從知道他的消息。口信是點燃的引信，爆炸的火花反覆閃爍，流淚和惱怒咬出的血都無法熄滅。

H君在社群媒體上說：「她往後必定會走上歪路。她是個無藥可救的女同性戀。」

我痛恨被人看輕，恨透自己的出生和一半來自父親的血統。H認為他掌握了我的全部，我精神的顏色、表面起伏與凹陷，他深知我是怎樣的人，宿命都是來自本身，正如希臘哲人赫拉克利特說：「一個人的性格就是他的命運。」我無法忍受被看穿我只能複製父輩三代的失敗，我極力想逃脫那樣的命運，那是我撐住自己的動力，他卻用睡美人裡女巫的預言攻擊了我，H君真正想說的或許是，沒有他，我擁有的只是失去救世主引導的失敗人生。

H君把我和他的分手全歸功於女同性戀的性向，這是再次否定我。我不是因為E女是女人才愛她，而是我無法再掩蓋自己，成為H眼中的樣子。我絕不只有H君所愛戀的面相，他愛的表皮，可愛的表現；深層中的我有著對活著的虛無，那是不斷被H君否認累積起來的。

最深的炸裂來自我不明白他為什麼在分手後咒罵我，而且與H君的共同朋友全站在H君的立場，我不明白為何沒人替我辯白。這是對人信任的剝落。我開始停用所有社群媒體，我以外的他人都是無法確定的事物。然而，在社群媒體的攻擊後，他卻在分手後一個月向我要求復合，爛醉後傳訊息給前任的老戲碼。我對自己所認識的他開始感到模糊，三年的交往後，原來我還是十分不了解他。

與他們關係的結束帶給我整個人的震撼，是隕石撞地球的全面毀滅，冰河來臨恐龍滅絕，徹底改變了地球的生態，也改變了我原本追求的目標。以前的追求都失去了意義，我需要的是全新的改變，證明自己沒有他還是成功的，才能填補我內心的受創，或者是，忽視內心的爆炸。

結束了H君和E女的戀情後，我再也無法回到原本高中生的框架，準備學測填上唯一正確解答，這些考試折磨人心且無法帶給我任何成就感，我以前的動力是考上大學和H君同居，但現在已經不可能實現。我不知道追求成績到底有什麼意義，我更想哭喊說其實我連有沒有人愛我都不知道，我甚至無法確定要不要活下去，如果活著沒有一點快樂的事，是不斷的受苦和磨難，那我還應該繼續活下去嗎？

這個問號出現後，我無法背誦下任何教科書，除了期中期末攸關畢業的考試，我如同人生一般隨機把四個字母亂填進答案裡，最痛苦的是作文考試，我是忍著噁心，空白整張稿紙，我早就知道出題老師要的，跟我真正想寫下的沒有任何關係。

我只是回應他人期待的產物。父母因催婚壓力參加相親，不知避孕懷了我後快速結婚，他們都不想被當成社會的異類，所以做了大部分人做的事。他們維持婚姻假象，他們比起擔起責任更擅長逃避，母親因財務上的困境和婚姻失和而沉迷於宗教。父親常和朋友廝混直到深夜。惡劣的生活環境和總是缺席的家人，讓我只能自己照顧自己，他們常常不在家，只要沒看到我跟弟弟，沒有回家，一切就可以當沒發生。

《心靈的傷，身體會記住》提到許多創傷症候群患者都沒有重要他人，沒有一個可以依靠支撐自己的對象。愛應該是每個人生命的基礎，總該有個生命無條件愛著你，讓你感受到無論怎樣被傷害，有個人會直視你的傷口，跟你說一切都會好好的。由於兒時的霸凌和家庭功能的抽空，我無法信任人類，無法和人類發展關係。

我將H君看得如此重要，是自己在愛的空缺。結束和H君的關係，對我產生了巨大的失落，我曾經景仰過他，將自己交給他，但是最後我卻背叛他，和他結束了關係。我傷害了深愛我的人。我無法控制內心對愛的不信任感。對愛渴望的空洞把我推向了E女，但E女終究也是個在愛方面的殘破之人，她是那種討到對方心意後，就逃跑的混蛋，她根本無法承擔他人的心意。

恰巧那時有位留美的朋友建議我留學，我便毅然決然去實行這件事，不管會不會達成，我只是需要一個沒有H君的未來，一個H君料想不到的未來，而且是成功的未來。

我上網搜尋留學過程，不外乎是先到當地就讀語言學校，再報考大學考試。在語言學校期間需自費，要等到有確定入學的大學，才可能得到獎學金給付。一般認為有學術貢獻的是碩士以上的學位，願意提供獎學金給學士學位的國家少之又少，頂多只能找到免學費的社會福利國家。

讀著螢幕上的資料，光看那些高額的學費就讓我卻步。網路搜尋資料之餘，我曾參加過一次在台的日本留學展，那天下著冬日無盡的雨，陰暗的天色和濕冷的空氣簡直是我那時的特寫，一切都混沌未明確，鞋子吸滿雨水而沉重，腳泡得濕爛冰冷還是得一直往前走，在走的過程中都搞不清楚要去哪裡，只感覺一切都糟透了。

留學準備的過程中，家人一如以往沒有任何參與，只有母親說願意提供給我一些私房錢，我查過歐美留學所需的花費，母親的錢其實連塞牙縫都不夠，況且那時正值父親四年一次的里長選舉，父親又向母親借了選舉經費，可供我用的資金僅剩寥寥無幾。

日本留學展位於台北車站附近，寬廣大樓中的二樓，沿著牆壁擺了許多張的桌子，都是一家家的留學代辦或是語言學校的攤位。或許是下雨的緣故，會場裡沒多少人顯得很冷清，每個人說話都很小聲，他們一小群地圍在一起，給我一種冷漠的氛圍，我感覺自己好像來錯了地方，這些從不屬於我。進去遇到的第一個櫃台遞給我一個沉重的紙袋，裡面是滿滿的文宣品，紙袋的棉繩把我的皮膚勒出數條紅線。看著精美海報上的台灣人和各種外國人的合照，上課和戶外教學的畫面，這些是我對留學的想像嗎？這些看起來快樂美好的照片，讓我打了個問號。然而，特地從宜蘭搭車過來，如果什麼資訊都沒得到，實在太浪費時間了。抱著這樣的心情，我走向最近的一個攤位，椅子上坐著一張無差別的臭臉，每個攤位桌都坐著一個穿著套裝、打扮整齊的女人，她們都看透了我。我一個人前來，裝扮普通，連個值錢的包也沒背著，她們一眼看穿我沒什麼錢。

我向顧問小姐打了招呼，說明自己想諮詢日本留學的資訊，她劈頭就問我有多少預算，我說出了母親私房錢那點可憐的金額後，顧問小姐輕蔑地笑了說：「讀大學至少是五百萬元，先賣完一棟房子再來談吧。」她的言語輕易把我趕出了留學展。留學並不是能力優秀的證明，而是一種高消費的財力證明。難怪與自己就讀同一間公立高中的同學都認命考學測，留學對我們這樣的人，是一種不能做也沒有資格痟想的夢。

想著錢的問題讓我很沉重，手上那袋文宣都是昂貴學校生產的成品，我在會場出口的第一個大垃圾桶把文宣丟進去，試圖減輕自己的焦慮——「此生或許都將是無法達成目標的一個廢物」的焦慮。

歐美日本等發達國家的學費既然如此昂貴，我便將目標轉向泰國、東南亞、東歐等較不知名的國家，全心全意尋找任何獎學金的可能。我完全沒有準備學測，將心思放在英文上的鍛鍊，報名英文證書考試。我將教科書從學校書桌清空，塞滿各種課外讀物，什麼種類的書我都讀，宜蘭舉辦的文學、議題、哲學講座都會去參加。從課業中解脫後，我只想做自己有興趣的事。學校成績不斷下滑，許多科任老師因為課業退步的緣故找我商談，我說我要留學，不需準備學校課業。他們大部分都覺得我的升學目標很可笑，不切實際不可能實現。

母親見我無心課業，在她眼裡我是個游手好閒的學生，便要求我去打工。我把打工當成一個新的嘗試，我從沒有工作過，工作賺取金錢也許能讓我更接近留學的目標，殊不知這個想法是種天真。我先在求職網站填上自己的履歷，發現高中學歷，只能做餐飲業的服務生，網頁上投了好幾間餐廳都沒有結果。幾天後我去文具店買履歷表，手掌大的長方形白紙，印著紅色的格子，一一填入自己的名字、年齡、通訊處、學歷、身分證號，而曾任職務只能填上大大的無，應徵職務是端盤子的但要寫好聽一點的服務生，希望待遇是基本時薪。

我騎腳踏車到街上，尋找順眼的餐廳，我偏好咖啡廳或是裝潢姣好的複合餐廳，消費起來讓我覺得有些小奢侈，安靜高雅的餐廳。我望著明亮的店面，客人喝著飲料，服務生穿著整齊制服，我要鼓起勇氣推開門，但卻不是進去消費，而是進去自我介紹遞履歷，緊張的感覺讓我雙腳停住，總要盯著餐廳門口看上好一段時間，才敢伴著微冒出細汗的臉皮走進去，餐廳果斷說不缺人。後來我為了防止自己躊躇浪費時間，我一停下腳踏車就立刻跳下車，連鎖都不鎖，我知道我很快就會出來。

若餐廳老闆有意徵人向我說明待遇條件，都是我難以接受的，有一間宜蘭很受歡迎的西餐廳，但他們請工讀生的價格竟然只有基本薪資的一半。

我已經被五、六家業者給拒絕，準備結束今晚的求職活動，在回家的路上路過了一間咖啡簡餐店，典型的想優雅卻真低俗的品味，模仿地中海風格漆成天藍色的店面，門口有一個愛心形的窗，窗上纏著鐵絲掛滿情侶想廝守一輩子在一起的鎖，鎖上還有愛心型的字條，上面寫著兩人的名字。愛心鎖牆前有長椅可供坐著拍照還有長滿灰塵的假樹。玻璃自動門有人接近便打開，不抱希望走進去向老闆打招呼，我已經找打工不順到毫無羞恥心不會緊張了，我說起講過無數次的自我介紹：「我是準備留學的高中生，在留學前的空檔，我想找份工作存留學的資金。」說完後環顧店面，晚上八點但毫無一個客人，以靠近宜大商圈的店家來說有些冷清，我想大概又要失敗了。

黑髮綁著馬尾戴黑框眼鏡活像個女學生的老闆卻說了：「我對妳的故事很感動，我剛好正要招人。」

我就這樣錄取了。工作時間是週末兩天午晚班，一天八小時，薪水依舊低於基本薪資一百二十元，並且當然沒有勞保，但光是有工作就讓我偷笑了。

工作內容很單純，把菜單遞給客人。菜單上的菜大多一百五至兩百元，形式是一道主菜附上三樣小菜和白飯、湯、甜點的簡餐。其中台式咖哩雞排和燉牛肉賣得特別好，特色料理是香煎或是清蒸鮮魚，其餘還有宮保雞丁和黑胡椒牛柳、醉雞、糖醋雞等家常菜。客人點完餐後走進後台，告訴身兼廚師的老闆娘婆婆讓她煮主菜，我負責處理主菜以外的其他餐點，那些餐點都是事先煮好備著加熱恆溫，我只要裝進去即可，拿馬克杯把永遠的當日湯品紫菜蛋花湯舀進去，先端給客人後再回到後台，拿起咖啡色塑膠質拖盤放上三個小碟子，從自助餐常見的長方形鋼盆盛菜，從大飯桶盛飯再撒上黑色芝麻，主菜做好後一起端出去給客人。客人吃完後去收碗，碗放到裝滿沙拉脫白色綿密泡泡水的洗水槽，拿起甜點的小碗把紅豆湯或是粉圓盛進去，祕訣是只能裝半碗，這時的客人通常已經吃不下了。生意好時是一路從晚餐時間忙到關店九點半，我掃完廁所打掃完店面就可以下班。

工作難耐的是沒什麼工作可做，當時流感大流行生意慘澹，我只能不斷聽著老式情歌高歌愛情，鐵達尼號的激情生死戀重複太多次只成了呢儂軟爛。我沒事找事做拿條抹布東擦西擦，把藍天白雲的地中海裝潢，來回擦到油漆掉落，老闆買了許多愚蠢的裝飾品，除了假植物外還有大松鼠、聖誕老人、機器人、推著嬰兒車的媽媽，把這些沒有道理擺在一起的雕像一一擦拭是工作中很重要的一環，擦太快我就沒事情做了。

因為太沒生意，我會和吃飯的客人聊天，客人會特別為了跟我聊天而來用餐，老闆很討厭這個行為，老闆認為她花錢是請我來工作不是聊天，我專心做老闆指定的工作保持沉默，客人越來越少我也越沒事情做，為了讓老闆不要覺得我太閒，我在打工中學到了最重要的事是假裝自己很忙，假忙之中我一邊思考到底為什麼要做這種工作，這種誰都可以取代用不上腦也沒有情感交流的工作，對於他人一點影響也沒有的工作，若我留學失敗也沒考上大學，我就將永遠陷入這種處境。我的一個小時只值一張紅色鈔票，一個週末是一張藍色鈔票和六張紅色鈔票，但留學是數千張藍色鈔票的價錢，我要工作多久才能存夠錢，我要不乾脆去酒店上班的念頭悄然升起，但想起H君走上歪路的詛咒在自尊心的反抗下否決這個提案。

我想起班上同學，他父母是醫生，暑假時他參加了十幾萬的英國遊學團；我想起認識的朋友，他父母要把他送到加拿大讀書，但我朋友太懶惰便拒絕了；我想起父親的朋友是國大代表並經營遠洋漁業，他的兒子做什麼生意都失敗，最後父親的朋友每個月給他兒子十萬，只要兒子好好活下去；我想起留學代辦顧問的嘴臉，對於錢和階級開始產生一種恨意，明瞭自己打從出生就輸了，錢的數量是一件無法逆轉的事。

強烈的不公平感在我工作時積滿心裡，總有些人不用受到一點磨難，就能過著富裕的生活。原來我所做的每一件事都是取決於我有多少錢，當我看到「勇敢追夢」時心裡就感不屑，這是說給有錢的人聽的。

打工伴隨著餐廳沒生意倒閉而結束。我反倒有種解脫的感覺，只是為免費的員工餐消失稍感惋惜，家裡的餐桌沒有風味讓我對廚師的家常菜特別喜愛。老闆娘給我最後一份薪水時，祝福我追求夢想留學成功。

客觀條件看來我是不可能留學了，但我已經放爛了課業，如果連這個目標都放棄，分手的失愛黑洞會吞滅無所事事的我，我一定得去全心全意追求一個艱困的目標，讓自己取得成就感，證明自己是個值得活下去的人。

高三的學期一天天過去，我的升學還沒定下結果，我已經瀕臨絕境，只要任何給獎學金的國家我都願意去。我查到土耳其國家獎學金（Türkiye Bursları），此機構每年從全世界招收十萬名學生，申請上便會錄取一所公立大學，同時獲得免費的一年語言學校、宿舍、學費、一次來回機票和五年分每個月定額的生活費，所有留學選項中最經濟的選擇。即使當時土男在台灣騙色數十名女人的新聞正hang，土耳其聽起來簡直是個詐騙國度，我還是在冬天的夜晚，半信半疑花了三個小時填完申請書。填寫資料時系統數次當機要重新書寫，令人深感懷疑這個國家的工程師能力。寫完寄出時，我幻想著伊斯坦堡歐亞岸之間的博斯普魯斯海峽的湛藍，而真實狀況是我已經絕望到無處可去了。

餓與春時潤餅

有一段時間我忘記餓的感覺，飯只裝滿淺淺的碗角，菜意思意思地夾兩三下，吃下一點便覺得夠了，更多時候乾脆直接不吃。以前我一定會定時吃三餐，會因為吃不好跟人發脾氣，常因買早餐上課遲到，不管時間多趕我都要好好吃飯，我把吃飯當第一位，從沒有胃口不好過。

食慾不見了，少了幾個魂魄，體重不斷往下降。

我依舊是同一個人同一張臉，我依舊為留學目標奔波，參加加拿大老師的會話課，時常察看電子信箱避免錯過最新資訊，盡可能出門坐在咖啡廳裡避免獨處，把時間塞滿防止空閒癱瘓空心的自己。幾個魂魄的空缺，或說是喪失跟H君與E女相連的部分，讓自己變得好輕好空，一個空心的陶瓷娃娃，什麼都讓我哀傷，什麼都讓我流淚，我要盡可能傾空內部，實在太難過了。每天我只允許自己想他們一次，在限制的時間盡情地放開所有的情感，讓淚水模糊視線，讓鼻涕窒息自己，放縱五分鐘之後，抽起衛生紙清理自己，邊遙想許久之後，我會遺忘他們，我會再也記不住他們的名字，到時我就無法呼喚他們了。

土耳其獎學金機構寄來書面申請完成的通知信後，便沒有任何消息了。我當作從沒有聽過土耳其。聽從平日有在修行的三叔叔建議，報名了F大學的佛教學系，一來多少有看破紅塵的意味，二來是佛教學系是冷門的科系，報名準錄取並且學費免費。

寒假時參加佛教學系的佛教營，營造很有熱忱的假象。營隊由佛教系的學生主辦，他們不斷強調佛教學系是大家庭，大家感情都很好。典型的大學生營隊，把學員當小學生帶著蹦蹦跳，這種營隊只比直銷好些，沒有人要詐騙你的錢只是洗腦你。營隊滿溢著愛、夢想、喜悅等過度正向，一切口號都讓我聯想創價學會而噁心，口號不是喊喊就覺得很溫暖、很有愛。

沒有佛法學習的課程。早上跳伸展操，下午安排茶道課、葉子拓印手工藝課和最重要的學系介紹。佛教學院學生必須住在宿舍，晚上十點後斷公共網路。學生分組值班煮素食，供系上的學生們食用三餐。佛教學系很重視學生的作息、團體生活紀律以及同儕相處融洽。

參加的都是高中生，未來要進佛教系的學生，營隊期間我沒認識任何人，他們兩眼無神，跟我一樣是沒有學校可以讀的魯蛇。營隊結束後回到市區，心靈說不上洗滌乾淨，更像是逃脫美麗世界回到殘忍現實，至少山下的世界是真實的。家人很開心我要讀佛教學系，他們認為這是很有保障的科系，畢業後鐵定能在F宗教企業找到一份缺。

三叔叔知道我要報考佛教學系後，他常向我宣揚佛法，他提起迴向，迴向意指將自己所修的功德，「迴」轉歸「向」與法界眾生同享，通常是迴向給冤親債主或是往生的親友、將往生的人。F宗教企業提供收費的迴向服務，服務內容是真人誦經兩小時，然後迴向給購買人增加他的功德。三叔叔說讀佛教系以後將被派去念經。先不管數十年在家當尼特族、三觀異常的三叔叔是不是道聽塗說，姑且當成真的，想到未來我將與母親相同，誦著冗長的經文，賺取他人施捨的小惠，我的人生已經完蛋結束了。

佛教學系獨立招生考試那天，從市區搭上F大的專車，車上坐著同樣應徵考試的學生和他們的父母，我獨自坐著，心想自己很獨立可以應付所有事，如果自己不去做就沒有人要替我擔下來了。我已經先讀過佛教學系的學士書單，了解基本的佛法，對考試有萬全的準備。

市區到F大學大約要半個小時，山路崎嶇逐漸開往杳無人煙的綠色深山，接近大學入口時可以看到防止山崩的擋土牆，牆面貼上黑色花崗岩，上面刻著上千個捐贈建立大學的善人名字。F大校內的道路常見小心動物的立牌，猴子、穿山甲、山羌出沒在校區，十分自然原始的環境。蓋在山上的大學充滿斜坡，爬上坡道抵達考試場地，明亮嶄新的木造建築，四處一塵不染。

上午筆試考國文和英文，印象中是很基本的題目。國文測驗的用意是為了知道考生是否讀懂文言文，以備往後解讀佛經。下午是一位學生對多位教授的面試。在小小的會議室裡進行，每位教授都充滿法喜笑吟吟的，三位穿世俗衣服的台灣人教授和披著黃色袈裟的美國人和尚。原本以為會問就讀原因或是佛法相關見解，但他們從頭到尾只問一個問題，「如果同組的隊員不願意煮飯怎麼辦？」

我回答說會與組員盡力溝通，偷懶不幫忙煮飯並不公平。他們聽了也沒說好或不好，便說謝謝我撥空前來面試，我的面試快速結束了。我爬下山坡，走到公車站旁吹著山裡的冷風，等待到市區的車，眺望山下一片綠意的平原。或許教授在我的萬全準備中，看穿了我與其他同學的癡像大不同，我將是團體中最不合群的人，才向我問這個問題。對未來的日子我只想發冷顫，似乎只能越來越糟下去。

面試完回到家，鮮少有互動的父親送給我一紙箱的書，裡面滿滿都是F宗教企業出版的佛法書籍。父親開始對我說教，不外乎是F宗教企業有多好，我都幫你把未來規畫好了，以後你就好好照著我說的話做。父親把我的未來都說死了。

那一箱書讓我起雞皮疙瘩，身體內部過敏似地熱癢起來，有種異樣的波動在皮膚底下竄動，我忍著不要發作變形。我覺得好沉重，一定是那箱書壓在自己身上的緣故，好想把那箱書丟掉，如果我不這麼做「就是我跳下去，就是我跳下去，就是我跳下去」，我只能這麼想，父親還是喋喋不休地繼續說下去，他老是妄想我服從他，我雙手環抱那箱書，衝到戶外陽台最近的右手邊牆緣，把整箱書從六樓丟下去，解脫自己，書本落地反彈的沉重聲響，替我的身體躺在地面了。

丟完後我走進自己的房間大力關起門，隨後是父親急速走下樓奔騰的腳步聲。一切都要把自己壓爛了，痛恨宿命性的失敗和固定的未來，但怎樣都揮之不去，我不斷喃念著我要死了，穩定住自己的線鬆脫了。隔天母親說我丟下的書把右邊鄰居家的屋頂砸出一個洞，所幸沒有砸到任何人。鄰居家是一層樓的草蓆屋頂磚瓦老房子，結構很脆弱。當時叔叔在一樓即時阻止鄰居報警，允諾會賠償修繕費，鄰居看在老交情上答應和解。

四月回暖，依舊延續冬日的雨水連綿下著，我還是一樣難過，還在關係剪斷的餘波中。我時常夢到E女，時光倒回到什麼都沒發生的時候，我們自然地談話，適時的擁抱和依偎，在夢境的最後E女總會說：「我們已經不說話了。」

四月對高中生而言是忙碌的月分，大學面試的通知開始紛飛到學生手裡，我則收到了土耳其獎學金的面試通知。連綿的雨聲靜雀了，在灰色陰暗的雲層中開了一個小洞，透露出一束微小的光線。之前的努力終於上了軌道。我請英文老師幫我改自傳，做了英文模擬面試，請比較熟的老師幫我寫推薦信，買了土語教學書開始學習土語，閱讀土耳其相關書籍和小說，做了這些後準備心裡依舊忐忑不安，機會真的會降臨在我身上嗎？

面試的前一天，與少數支持我留學的歷史老師徵詢意見，如果獎學金申請失敗，該何去何從，我是絕對的悲觀主義者。歷史老師說：「妳一定會上，只有這個結果。」老師的話減少了我對失敗的預想。

請了一天假，早上前往台北，與許多住宜蘭通勤的上班族一起在首都客運裡昏睡。我並沒有特別為面試買黑色套裝，穿了母親買的白領灰色洋裝，紮了俐落的馬尾，規規矩矩的樣子。從隧道出來後信義區立刻迎來眼前。面試地點在世貿二館，走在鋪整完善沒有任何一個磚頭缺角、沒有一點雜草的人行道，樹和公園都若似由樂高積木堆成的，櫛比鱗次的灰淡色調的高樓圍繞天空，給人一種強烈的人工合成感，把所有都控制在手上的清潔強迫症。

事先查過地圖，但下車後就沒有方向感了，那時我的手機沒有網路，我在每個街頭問路，詢問站在奢華飯店門口的保全或是便利商店店員，比起穿著名牌套裝趾高氣昂行走的路人，他們帶給我一種親切感，他們的服裝和曬黑的膚色是我更熟悉的，他們一定不會拒絕回答我。我沿著龐大的高樓行走，整個信義區是灰色的迷宮，接近台北世界貿易中心國際貿易大樓時，我看到一大片草原，飄揚著數十個國家的國旗，越過綠地是藕色的建築，形狀方正的三十四層國際貿易大樓高聳立著，門口的車道有許多高級轎車和計程車川流不息，裡頭挑高的天花板鑲上金色的交叉線條，使得大廳散發金碧輝煌的光亮，大理石地板打蠟光亮到可以當鏡子，我在電梯裡按下十九，電梯迅速地飛上去，開門後踩在沒有聲響的地毯，一切都過度安靜，與一名身著黑色套裝，頸間繫著奪目纏繞畫印花領巾的女人擦身而過，直覺告訴我她也是獎學金的面試者。

大樓裡的廊道中找到駐台北土耳其貿易辦事處[1]的一九〇五室，按下半透明看不清裡頭的玻璃門，接待人員冰冷地把我晾在等候大廳，在簽到表寫上名字時把紙都沾濕了，不久後我被領到一間辦公室，我說了土語的你好（Merhaba），三名穿著西裝的土耳其男子看來很和藹，他們可以用英文或中文面試，我選擇使用英文，他們請我先自我介紹，之後問了我為

1 台灣與土耳其沒有邦交關係，因此無領事館。

什麼選擇土耳其語言文學系。書面申請時可以填二十個志願，我填上了不同大學的土耳其語文學系，我認為土耳其的土耳其語言文學系是全世界最好的。第二個問題是詢問我對土耳其的印象，我從文化和歷史層面回答，歐亞文化交匯的多元國度。這個問題我沒有準備，回答起來有些勉強，土耳其實在遙遠得無法想像。不確定自己的回答是否是面試官喜歡的。太想得到獎學金的期待，像是一條蛇鑽進身體裡，好似我搞砸了一切似地不安。不管結果如何，已經嘗試過了，任何結果我都會接受。

隨著天氣轉暖，食慾也逐漸回來。H君是無肉不歡的人，在一起時常吃燒烤、牛排、鐵板燒等肉類料理，為了和過去的自己做區隔，褪下以往建立的習慣，建立新的自我，我開始刻意減少吃肉，食慾的復原期間很常去夜市買潤餅吃，豆芽高麗菜蘿蔔香菜花生爽脆的口感，用鐵板現煎的潤餅皮，裡頭的滋味是春日的活力和甦醒。季節的變化，時間的流逝，我適應關係已經結束的事實，我習慣了他們離開留下的空洞，我只是習慣了。

痛覺失調

不好的預感降臨身上，類似惰意，黏稠地澆上自己腦袋，那一坨濁濁的灰色不斷說著「不」的聲音，阻止接下來要做的事情，身體變得很沉重，只想倚在牆壁上。

下午岳飛廟舉辦獨立書店書展，Z是講座講者之一，很常出現在書腰的推薦人名，沒有代表作的作家，但參與許多文學相關活動籌備，曾經營出版社和書店，有著一定的活躍度。說不上太有興趣，不去也說不上太可惜。我害怕父親回來，還是在外頭待到晚上再回來，心裡比較安心。甩掉不好的預感，騎上紅色的捷安特。

H君曾稱讚我的直覺很準，依循著強烈的感覺過活，其實是沒有能力思考出最好的決定，手上擁有的選項看來都差不多爛，非得選出一個的話那不如靠直覺。野獸的生活方式是依著慾望，而不是道德和義務，自我中心的生存方式，是那時的生活寫照。

先到認識的書店老闆那串攤子，稍微聊會後被介紹給Z。中年的大叔身材發福起來，都會長得像是狐狸或是狸貓，帶著笑容的奸詐動物。頭髮發灰臉卻沒有相應的皺紋，留一小圈鬍子圍著嘴巴，Z是銀色的胖狐狸。

Z問了稱呼我的方式。我說了本名，名字象徵一生缺少的事物，我是沒有家庭也沒有智慧。他莞爾一笑收下這個說法，然後要了我的聯絡方式，並說想邀我去他的店看看。得知我高中將要畢業，問了我往後的升學，那時我沒有很確定，說可能沒錄取獎學金得讀佛教學系。

Z當天的講題是日本獨立書店尋寶，他對日本文學很有研究，我提起了川上弘美，超現實風格的寫作，擅於喚起魔幻的氛圍，Z剛好很喜歡川上的小說，從年輕讀者口中聽到這位冷門的作家，他因此感到訝異。

而Z鑽入他人心房的方式，就是川上式隔離一切塑造的夢幻氛圍，深深淪陷在其中激情、性感、甜美、哀愁混合的迷霧，難以仿製的技藝。

還是高中生的我還沒有意識到，與人之間的交流得用「安全」評估，我還未損壞得過度嚴重。還未意識到話題和興趣都可能只是種手段，喜愛文學的人怎麼可能真的很惡劣。

我多少明白自己是個女人，是個可被欲求的東西。

遇到Z之前，我曾被謊稱說喜歡自己作品的讀者約出來見面，發生了過度親密的肢體接觸，被慾望盯上無法拒絕，事情忽然就發生完了，之後只能哭泣一會，想著還好身體沒有受傷。這種事說出來只會被指責太天真愚蠢，所有被非禮對待的女人，都會被說事出必有原因。

離開獨立書店展覽之後，和Z之間談不上特別的對話，我還未完全認識他，我的心臟卻異常高速地跳動，全身發熱處於極興奮難受的狀態，像是在連續好幾次的高潮紅暈中。我知道又被盯上了，這還並不是他單方面的慾望。我不斷告誡自己對方有妻子，況且他外在的形象十分愛妻，他的文章中常常提起他的妻子。如果我把自己處理好，這件事就可以當作沒有發生，這件事絕對不能發生。

一時情緒上的起伏後沒有新的刺激，幾日過後就能用一切都是錯覺銷匿去。

一個月後的六月，畢業典禮都舉辦完了，我才收到獎學金錄取通知的email。推估自己錄取的原因是，土耳其獎學金太冷門，台灣的高中生大部分選擇國內升學，我是土耳其獎學金第一個錄取的學士部台灣學生。我並不是外語和學業的天才，但我的策略是正確的。

讀完信件完整的內容後，我打電話給母親，她聽到後開始哭泣，兩個月後我就要去遙遠的異地五年。我的心情和母親相反，終於可以擺脫失敗的家庭，可以不用回家過節過年，逃到遙遠的土耳其。等待升學結果的壓力，來自瞧不起我留學夢的師長、H認為我要走上的歪路，現在終於可以舒坦了。

收到錄取通知不久後，Z問我何時去他的店，並問了我的升學結果。他恭喜我將出國留學，然後快速敲定我去拜訪他的時間。那時我對他已沒有多想，準備留學讓我分心，況且他口氣平淡，我對他已不是如此戒備。

《永別書》裡的萱瑄說跟作家吃飯對寫作很重要。參與文學講座活動的我是帶著這種心態，想找到走進文學圈的入口，除了產出好的作品，認識有名氣的作家也很重要。我剛開始寫作，需要人指導我的作品。文學，這是我答應去見他的原因。

我穿露肩的平口長洋裝，紅色棉料上是纏繞畫延綿的印花（亞熱帶的台灣果然適合從東南亞買的洋裝）。七月的炎熱讓汗水沿著肌膚滴下，身體內的血液也不斷流出，月經為不方便做的保護。我一次一次把不乾爽的心情捆束起來，不過是去見一個朋友，不要有這以外的發展，重複告誡自己。

我搭巴士再轉火車到外縣市去Z的店，他見到我立刻提起，我和他認識的那天談到了川上弘美，當天就有一本川上弘美的小說賣掉了，他認為這是榮格的共時性，在時間上同時或巧合發生的非因果性事件，有意義的巧合。共時性是榮格解釋神祕現象的方法，比如說思念某個朋友時，剛好就夢到對方。談到這裡時我跟Z說我很常夢到E女，這讓我害怕起睡眠。

夢境裡我重複經歷著我們還在一起，甦醒後卻迎來我和E女在走廊的兩頭走過來，但視線相交身影重疊時，我們已經是對方不認識的人，徹徹底底無關的兩個人。我將這段事的前後告訴他後，他提起他擅於催眠，可藉由催眠治療精神上的創傷，我表示很有意願嘗試。談到這時日落的光線已褪化成一片昏黃，我的肚子不爭氣叫起來，我緊抱著肚子想隱藏飢餓的聲音，他說催眠前還是先吃飯吧。

吃飯的地方離他的店有些遠，他用機車載我，我刻意坐到椅墊的後端，雙手緊抓著機車後面的把手穩住自己，一點也不想和他有太多肢體接觸。雙方身體距離並不是貼近但卻十分靠近，在機車行駛中捲來的風，並不怎麼容易聽清楚的時候，他開始說起他前女友的事，遇到現在的妻子之前，他有個論及婚嫁的女友，他當時在編輯一本恐怖小說合集，其中有個作者在法國留學，那個作者忽然往生了，得知死亡消息後，女友便向Z要求分手，女友說她已經跟法國留學的作者交往半年了，她的心隨那個人死去了再也不愛Z了。Z當時非常地傷心，對任何事都沒有感覺，過了一段頹廢的日子。最後駕駛機車的他背對著我說：「我從此之後就只追求戀愛。」我聽了後想那個戀愛是指他的妻子吧，並沒有多想。

吃完飯後，他再重複問說：「妳真的不怕，要進行催眠嗎？」我說是的，然後他說需要一個封閉的場所來進行催眠。然後機車在老式旅館前停下來，他走到櫃台要了一個房間。被剛認識的男性帶到旅館開房間，就算我曾與前男友、陌生的人開過無數次房間，這種狀況怎麼想還是異常。但若是我展現出懼怕的樣子，是不是看起來太沒有見識。他說房間還要打掃一會，然後自在地坐在旅館大廳的沙發上，他招手要我坐到他身邊，我內心感到異常和想要掙扎，自我防衛開啟前，他指了眼前的魚缸說：「看著魚游來游去，好像要被催眠了。」大廳的地板是黑色雲母吸收了大部分的光線，只有魚缸上的燈具映著水波散著藍綠色的光，熱帶魚絢爛的色彩在裡頭來回游動，我的注意力被魚給吸去思緒飄遠，被關在容器裡的魚擁有一個彷彿永久不變的秩序棲地，機器打出來的氧氣和鮮綠搖曳的水草、白皙的沙子，魚看來十分安心地穿梭其中。

櫃台人員叫喚了Z，然後我被帶到了房間門鎖上了，不管接下來是怎樣的發展都逃不掉了。我終究是個沒有意志的人，我還是輸給了想要被人愛的本性，我確實是喜歡Z這個人，心緒才會如此翩翩紛飛。

Z坐到了窗邊的沙發，金色波斯花紋厚重的窗簾擋住了窗戶的夜景，燈光昏黃讓室內物品的輪廓都變得模糊，我坐到他對面的床緣，在柔軟的雙人床上把背坐得挺直緊繃著自己。

「我會引導妳放鬆，先兩手交握，用力地夾緊，兩眼盯著拇指。

「當妳越用力盯著，妳的手就越用力。」

手繃緊到如沒有知覺的石頭般，痠痛起來，忍不住想與其催眠還不如讓這個人抱自己，月經的血液弄得下體濕熱，腦袋昏沉不能專注於任何事情上。

「當妳越想放開，手就會越累。」

看著Z的臉直視自己的眼神，我懷疑著Z真的專心在執行催眠師的工作嗎？

「好，手可以放開了。」Z抓起我的拇指，拉起我的手。

「當我往下丟時，妳會越放鬆。」

我用力地咬著嘴唇，想驅散那些莫名的渴望，咬得泛白滲血甜味溢出。來回放下好幾次，似乎真的，沉到睡眠的邊界前。

「妳走進一個森林裡，有著動物和潮濕味道的森林，銀白色的月光灑落其中，妳不用害怕，有我的聲音跟著妳。

「妳走在條小徑上，是碎石子的道路踩起來沙沙作響，妳看見一棟小屋，妳可以放心地推開門，沒關係的，裡面是妳的世界。

「那是一間妳和妳朋友的圖書館，洗石子地板和樸實鐵書櫃擺滿書，妳可以盡情翻閱裡面所有的書，E女在沙發等妳。」

我想像他所說的畫面，我看到了E，她的臉，她的單眼皮，盛滿哀愁的冰冷爬蟲類眼睛，扁薄無血色的唇，露出脖子的短髮，兩人都穿著高中制服，藍色襯衫，我穿著黑色百褶裙，E穿著對她而言稍寬鬆的制服黑色長褲，可以看出衣料底下的纖細的雙腿。

是E，我曾喜歡過的E女。

「妳想對E說些什麼話呢？」

我緊抿著唇，喉嚨乾燥枯澀頓時失啞，想像對她說話是件難受的事，她明明就不會再和我說話了，我勉強對他說我腦裡唯一出現的：「她不會再理我了。」

「是在看書嗎？看看她在看什麼書吧？」

我照著他說的，改變E女的動作，我只是依著他的指示去想像，我還是掌握著自己的意識。他見我沒有回答繼續問下去。

「是誰的書？」

我依著對E女的喜好回答是村上春樹。

「哪一本？」

「我不知道，我看不到。」

「那妳把她的書抽走對她講話吧。」

對話落入死寂，我不能讓安靜再這樣延長下去，便讓關在心裡很久的句子釋放成聲音表達出來：「妳、是、不、是、很、討、厭、我？」

說出口時出乎意料的帶著哭訴、帶著怨意，我還是那麼想念她。

「如果覺得她要消失了，就握著我的手。」

什麼都沒有改變是最痛苦的。情緒慌亂或是E的傷痛把我滅頂了，我握得特別用力，將他的手當作穩住自己的力量，此刻的自己得全心全意相信他手掌的厚實才行。我無法看到E的臉，無法聽到E的聲音了，在心裡E是禁忌的存在，只有在噩夢時才能再遇到E，其餘都只是E的贗品。

房裡只剩下沉默，Z說了：「清醒吧。」

他起身從窗邊的單人沙發，移到我身旁坐下伸手摟著我的肩，在我的耳邊呢喃：「剛剛經歷了那麼悲傷的事，之後會沒事的，時間會慢慢撫平的。」

我頓時認知到，這是一場徹底失敗的催眠，我落入了一個圈套裡，從被帶到旅館來時，不，他更早就預謀這件事，他只在乎這件事，更蠢的是我當時全然相信他，天底下最不能相信的就是外遇者的言語。

他的雙唇吻了我的耳朵，濕熱的感受立刻傳來，他吹出了熱氣，我的身體完全受制於Z，他開始一路沿脖吻下來啃咬鎖骨，手一邊在我平口洋裝裸露的上身游移，他稱讚我的肉體說：「妳的鎖骨好美。」

E女帶給我的傷痛，暫時被身邊的體溫，以及伴隨而來的性慾逐漸驅散。這確實是我慾望的，我是喜歡他的，但這不是我預期發生的，身體不知如何動彈，無論如何都只會發展成這種事，我坐著不動任他撫摸，我無力地說：「你喜歡呀？」

「我對鎖骨最沒有抵抗力了。」他的手輕細地觸摸，轉成似在彈鋼琴般，緩慢敲打著我的鎖骨，平口洋裝輕易被他褪下，雙乳在他的雙手中揉捏，他輕輕吻著褐色的乳暈中粉紅色的點，我看著這個畫面，並不是動作上的刺激帶給我快感，而是畫面上的淫靡使我興奮，因為他認為我的肉體是美麗的，連帶地讓我也沉迷這件事。

忽然失去了平衡感，他加重力道把我推向床，我只能仰視著他。他吻了我，唇和唇的觸碰，舌和舌的糾纏，會有一點愛的成分存在嗎？

他進入我時撕裂的疼痛立刻傳來，這是太久沒跟人性交的後遺症，我忍著不發出聲音，這一切都讓我感到羞辱，他至上方凝視著我的肋骨，由於下腹陰道緊縮，更加凸顯了骨頭的存在，他喘著氣說：「妳的身體散發著哀傷的氛圍，彷若哭泣的聲音，我想是年輕的緣故。」

所有激烈的動作在事情漸漸迎向高潮前停下，他、軟、掉、了。我驚訝得連安慰的話都說不出來，四十好幾的中年大叔臉皮無比地厚，他當作什麼都沒發生，把我領到浴室沖洗。我沖掉血後穿回內褲換上新的衛生棉，他洗他陰莖上的血跡。他無套進來，我心裡有些慌張，一個禮拜後要買驗孕棒檢查。

離退房還有一些時間，我跟他躺在床上聊天，已經「完事」的當下，我無法克制道德的責難，我問起他的妻子知道嗎？

他說：「不要讓她知道就好。」

我喜歡Z是整件事最大的敗點。我跟著相信只要不讓他妻子知道就不是傷害。

「我說過我只專注於戀愛。從第一眼看見妳，我就好喜歡妳喔，妳提起川上弘美時，當天剛好川上弘美的書就賣掉了，我相信我和妳之間一定有緊密的緣分。」

然後Z開始說我的身體，妳好瘦，妳和我以往交往的女人完全不同。我還記得妳當天穿著短褲露出的纖細雙腿。我原本是想等妳上宜蘭的大學後，再跟妳多約會幾次，再進行到這步。聽到妳九月就要出國，我心都急了，只能加快計畫，用粗暴的手段讓妳明白我的心意。

那天隨意套上的服裝，軍綠色的短褲和藍紫色的雪紡紗上衣，使他深深記住。之後的幾年我不再穿著露出腿的衣物，如果女性露出的雙腿是誘惑，那我就用衣料把它遮住，如果女性本身的存在就是誘惑，那我想要自己消失。

當時我完全聽不出Z的弦外之音，以為他是喜歡「我」本身，以為他是稱讚我的肉體。我對外貌感到矛盾，如果想贏得人類的好感和喜愛，顏值是必須的，但若因而勾引不好的事，我束手無策，只能感覺很差。

如果我早意識到，他癡迷於年輕的女體，他只是想要與妻子不同的身體，我會把自己的心收拾得更好。在遇到Z前，我早已嘗試過跟人約炮，我可以把肉體和感情分離開，痛快地在開房間的兩個小時中，做最親密、下流、愉快的事，退房微笑道別後，立刻將對方加入黑名單，再也不聯絡，像是丟掉裝滿液體的保險套。

可是當我愛上了，對方也回應我時，我是執迷的。我打開最柔軟的一塊，渴求被人所愛，就算因此被穿透。

與Z敲定下次見面時間回家後，我才去查了他妻子的身分。她的外表像是海綿寶寶中的泡芙阿姨般圓潤，似乎連脖子也藏在肉裡。寫過十多本言情小說，患有躁鬱症，原生家庭坎坷且貧窮。莫名地讓我有種贏了的自信，說穿了我和他的妻子都不過是Z的其中一個女人罷了。並且妻子才是法律上的正義存在。

往後的我將後悔與Z見面，後悔踏進了房間。渴求愛的本能是種難以阻斷的事物，應該向能索求的人渴求，或是乾脆公開踏入開放性關係。誠實面對才是一切上策，不該有人被欺瞞。

「他為什麼挑上我？」我自問許久，那天對話的關鍵是川上弘美，如果我沒提到她，我可以安全脫身。或是我做什麼都沒用，說穿了我就是個好下手的人。他察覺我身上有縫隙，縫隙的線索是來自自爆名字的缺陷，是沒自信與自卑，只要稍微引誘，就可以把他想要的植入進去我的洞中；造成我精神上的缺陷，是原生家庭的過往，他肯定沒有家庭的人總是缺愛，誰愛上都無所謂，只要感覺到類似於愛的事物。

約會後我開始難以聯繫到他，社群媒體的訊息幾天後才回，電話打不通簡訊不回，約會前他至少會快速回覆訊息。我反覆瀏覽他的臉書，神經質地每五分鐘重整網頁，我原本是不怎麼用臉書的人，因為他我黏在螢幕上，只是期許看到他上線，或是得到一丁點留給我的訊息。他寫了幾首不明所以的詩給我，但我更想要的是他跟我說話。

他無套性交後完全沒有過問我的身體狀況。明明知道月經無套中獎機率很小，我還是買了驗孕棒檢測，在屈臣氏購買時，自己像犯錯似地冷汗直冒，拿起驗孕棒到櫃台結帳心臟發痛。以前國中時H君因我經期晚來，替我買過驗孕棒，他帶著我完成這件事，整件事的過程感到更多的是我被愛著。但此刻使用驗孕棒的感覺，除了初次購買的緊張，更多的是一個人的不安。我告訴Z是陰性反應，他依舊沒有太多的反應，好像整件事都與他無關，或是他對於性功能委靡的老二，沒有生殖能力這點挺有自信。

約會的前一天，他寫了期待見到我。我照著約定的時間到了外縣市的火車站，他說過會來接我，比約定好的時間遲了十分鐘了，但卻完全見不到他的人影，也無任何的字語和訊息，我打兩通電話給他都沒接通，之後又過了半鐘頭，我依舊聯絡不到他。花了好幾個小時到外縣市，但卻什麼也沒做，讓我很不甘心，我決定走去Z的店去找他，店裡的員工說：「Z今天都沒來店裡，要不要我留小姐妳的聯絡方式？待會我見到Z便會通知他。」我聽到時心裡一涼便說不用，他不要我了，不想見到我了。

離開Z的店後我不斷走著，每一個十字路口都是一個質問，我根本不知道該前往何處。Z君就算說出了喜歡我，但這並不代表他珍視我，或是特別關愛我，我再度強烈地感覺到，我不過是他其中一個女人罷了。我只能不斷地移動，如果停下來我會發瘋，我只能怪著自己，為什麼要穿平口洋裝，為什麼要去獨立書店書展，為什麼沒辦法克制自己，為什麼我要喜歡上Z，一切都爛透了。好難受，午後的陽光讓汗水不斷沿著下巴滴落胸口，空氣的濕度讓每口呼吸都浸水，感覺要窒息。在人來人往的馬路上，無法制止地落淚，我還不能停下腳步，一滴又滴，移動中的自己面貌模糊，視野模糊，所有感覺都太銳利。

我早就知道，就算見到他，他只會立刻帶我去開房間，吃完晚餐就散場。只是做愛和吃飯的關係，和前男友H君也是這種關係，他們不會走進我的生活，不會在我哭泣時擦拭掉我的傷心，他們與我的生活沒有關聯，我終究是自己一個人。孤單和愛的空洞，總在蔓延膨脹，只是跟他們見面時，我可以不要去意識，只有我與自己的影子。

一直走卻遇不到任何咖啡廳，雙腳痠麻走進整個城市最明亮的便利商店，喝下不滅的寶特瓶裡冰涼的茶還是很想死。寂寞爆炸，不找個人講話，自己一定會崩潰，檢視著手機的通訊錄，好幾個沒有印象的名字，完全搞不懂當初留有這隻號碼的理由，不知道有誰可以說話。旅行時問路認識的朋友，住在這個縣市，接案的設計師，或許有時間理睬自己，接通了。與他約吃晚餐。只是想要一個安心的存在，就算不在我身邊，只要他隨時都會接起我的電話，但那樣的人卻好難找到。

見到朋友後，對話陷入沉默，我試著找話題，說了和Z之間的感情，設計師朋友終於找到了話說，他開始勸訓我，這段感情非常沒有道德，我年紀太小腦袋沒想清楚（當時正滿十八歲），整頓晚餐我不斷聽著他的碎念。心情更壞了。弄到晚上十點，我才從設計師朋友解脫，搭上火車回家。手機有幾通Z未接來電，消失了幾個小時的人終於有點消息了，我氣得不想回撥，手機卻在這時響起，好想哭喔，我還是把電話接起來了。

「身體狀況不好，睡過去了。原本想帶妳去燒肉店吃大餐，但現在只能一個人吃著炒烏龍。好寂寞喔。」

「喔，是嗎？」我冷淡地說完後便把電話掛了。

想起劉黎兒寫過，燒肉在日本是偷情後的不倫情侶，為了遮掩沐浴味去吃的。我根本沒辦法因為他要請我吃燒肉大餐而原諒他。在回家的路上不斷想著，我一定要離開這個人，把他加入黑名單，永遠不跟他說話，我像是念經一樣默念這個念頭，一邊淚流不止，一切都要結束了，最終還是好寂寞喔，又要找新的對象了。

半夜回到家，打開臉書準備把他封鎖，恰巧他在線上一行行訊息不斷傳來，他寫：

「好喜歡妳喔

「好久沒有這麼喜歡一個人了

「對於今天的事真的很抱歉

「因為不斷流淚

「我從家裡走出來

「到店裡的電腦打字給妳。」

他又輕易攪和了我的意願、我的決定，我很輕易被他的言語收服。和前男友H分手後，由於一個人的寂寞，即使此刻寫得很愛我似的Z沒有很愛我，我仍選擇繼續跟Z君約會。但我從沒對他說過我喜歡你，這是我最後的底線，如果說了我就連最後的尊嚴也沒有了，這是我自以為是的堅持。

他再跟我約了一次見面的時間。他對我態度還是跟以往差不多冷淡。這段時間我開始準備申請土耳其的學生簽證，把畢業證書、成績單、健康檢查報告都翻譯成英文，到派出所申請良民證。設想要帶的行李採購物品，約朋友見面道別。這些充實的雜事之餘，我心裡是乾枯的，又陷入沒有食慾的低迷狀態。與Z之間的事讓我很煩，但我又迫切需要一段關係，不管對象是誰。

與Z約會的前一天，沒有言明也明白是最後一次見面，要見到他的期待與失去他的哀愁，同時在我心裡撞擊拉扯神經的兩端。整夜我都睡得很淺，深怕熟睡我就錯過了出門的時間，反覆地清醒查看時間，再勉強自己躺回去睡，終於熬到天亮，再幾個小時後我就要見到喜歡的人了，我疲憊卻覺得亢奮，胡亂地在空中踢幾下腳發洩心情。

瞬間，我的腳趾甲就沒了。

房間的牆壁用合成木板拼成，木頭與木之間有細小的縫隙，腳趾甲剛剪過，但靠近肉的地方有細小一塊沒剪到，那留下的一丁點趾甲，在槓桿原理的作用下從肉上撕開分離，流下的血瞬間濕滿好幾張衛生紙，照理說應該很疼痛，我卻沒有感覺，我一丁點該有的感覺都沒有。血稍微止住後我一個人走下六樓，到後街的藥房包紮，每一步都走得很緩慢，劇烈的疼痛讓自己不斷冒汗，心裡對要脫落的腳趾甲卻很無所謂，沒有比Z君對我所做的更傷。

還有一點點趾甲殘留在肉上，藥師說最好是靜養讓趾甲黏回去。淋上消毒水的痛楚無法言喻，我半點疼都沒喊，冷靜地讓藥師擦上藥水捆上繃帶和紗布，腳趾頭變成一個白色的圓狀物。疼痛卻又發麻。

幾個小時後的下午要和Z見面，怎麼想我都不該去，若是作踐自己也是最後一次了。見到面時他依舊一點也不在乎我這個人，也沒有說希望妳早點康復，就帶著我在青田街的後巷走好多的路，每步都好痛，要是我稍微慢下來，他會頭也不回地消失。他問我最近有沒有喜歡的人呢，他覺得誰誰十分吸引他。

我感覺眼眶已積累薄薄一層的淚水了，腳趾甲沒了的時候我也沒有哭，我不能在他面前哭出來，他一定認為我是個麻煩的女人。我在心裡想著我並沒有其他人了，我全心全意地喜歡對方，這件事讓我感到很恥辱。

彎進懷舊咖啡廳，昏黃的室內，擺著復古的皮箱，整個空間都有折損的老舊感，羅馬數字大時鐘，裸紅磚牆面，召喚八〇年代，坐在咖啡廳的酒紅飽滿的PU沙發，與他並肩黏在一塊，他在我耳邊搬弄話語，他總是不斷地說，他似乎不用聽眾也可以永遠說下去，我不用表達自己他也沒興趣，我的耳朵吸滿他的話語，話語融化了現實的固有的框架，眼前的行李箱感到沉重而變形成液體溢到地板，時鐘上的羅馬數字一個接一個往下跳，空白的鐘面，沒有的時間。像是紫色毛毛蟲吹的大煙，夢境般虛幻的濃霧，源源不絕從他口中湧出說著，他的手一邊在自己的裙襬下摸索。他對我是誰根本沒興趣，依舊還想與我見面，我對他的價值是一具青春的肉體，這比什麼都還真實，不然無法給自己一個解釋，別說喜歡我，不要讓我以為我是被人所愛的，讓我陷入受害的困境。就算如此我還是依戀體溫，依戀有個人的陪伴，我還是去見他了，我還是進入了旅館的房間，我還是又見了他。

Z說與編輯約的時間到了。我識相離開回宜蘭。

他不會特地到我住的宜蘭，他到台北只是順便來見我，我會主動去找Z對他而言方便的很。再告訴一次自己，這只是性交吃飯的關係。回到宜蘭時客運的窗戶被雨淋得一片模糊，黑夜中落下嘩啦嘩啦的雨，要把世界淹沒的氣勢，我走下客運，地上都是積水，腳趾的包紮絕對會泡爛。臨時打電話給父母他們絕不會接，更不會答應開車接我。我只能自己走路回家，有撐雨傘跟沒撐一樣，全都泡在雨裡了。回到家裡的第一件事是把濕掉的包紮拆掉，然後俐落地拔掉自己的腳趾甲，再也不要跟Z聯絡了，記住拔掉趾甲的痛，把Z跟趾甲一起丟到垃圾桶。

我單方面提出不要再來往的要求，之後我收到了一首詩，內容是以他的角度濃縮了交往過程，他寫讓祕密永遠只是祕密。之後我在網路上找到了這首詩登在某雜誌上，他寫這首詩的故事是跟一個女人看精神科的過程。我認為保險套都比他寫的詩珍貴，保險套只能用過一次，真正的一生一會，而Z送我的詩，則可以重複送好多人。他說的喜歡很廉價，而認真的我則非常愚蠢。

在台灣沒有我所愛的人，不帶一點思念地離開台灣，我對於未來土耳其留學生涯的五年無所畏懼。不會有什麼比心意被糟蹋感覺更糟了。

輯二：土裡

去土耳其重新投胎

我要飛了，從來沒有如此快樂過。

當然，不是順利的。我收到了獎學金單位寄來的信，信中記載飛往土耳其航班的資訊，一開始我以為機票已經確定開出來了，直到飛行前的兩天，我越想越不對勁，有航班資訊但上面沒有我的名字，這代表我不一定有機票。我打電話到駐台北土耳其貿易辦事處詢問，辦事處人員冷冷地說獎學金的事情，他們只承辦簽證的部分，其他問題要自行詢問獎學金單位。我一腳踏入部門和部門之間的官僚迷宮。

我查了中華電信打越洋電話的方法，計算時差與辦公室工作時間，土耳其的時間比台灣晚五個小時，下午四點開始打電話（土耳其早上十一點）。手冒著汗把話筒都握到黏膩，重複默念待會要說的話，心臟與電話的嘟嘟聲呈同樣的節奏，擦的一聲失去訊號，發燙緊張的心冷卻落空，沒人接通。

等待午餐時間過去，晚上八點再撥一次（土耳其下午三點）終於接通，話筒中傳來腔調濃重的英文，越洋電話的雜訊讓聲音更加模糊，一句話重複了兩三次雙方的意思才能傳達到。我詢問我的機票，他反問我你這時間可以飛嗎，我說我沒問題後立刻收到email，裡頭的附件是印有我名字的機票檔案。五分鐘的對話使我很疲憊，心臟像是搭雲霄飛車爬上頂又唰地往地面衝。這是踏出舒適圈的第一步，說著異國語言，以後我都要用著不流利的舌頭說話。

2

飛向土耳其代表我可以拋下台灣、破爛的家庭、不順利的戀情。再也不用理會父母親每年大吵要離婚（但母親總是離婚失敗），恐懼母親離開和廢物父親綁在一塊，我已經長得夠大，不需要他們的照顧。

再也沒有人知道我的過去，我可以重新成為新的自己，天真地想自己將變成完全不同的人，更好版本的自己。這種樂觀，埋葬了所有不安和恐懼，脫離舒適圈迎向困難的挑戰，皆是磨練自己的關卡，我簡直像喝了一百碗毒雞湯加孟婆湯，去土耳其再投胎一次。

準備行李是一大難關，家裡沒人去過這麼遠的地方，沒人可以給我意見。母親已替我換了一千美元，我不敢再叫家裡多花錢，便用母親辦信用卡送的兩個中型二十五吋行李箱，和一個隨身的布製行李箱，再加肩上的大背包。

把目前人生縮成託運行李的限重三十公斤是困難的。環視自己有八個書櫃約三百本藏書的房間，從未離家的我，把每一本書、筆記本、圖畫紙、顏料、衣服看得都很重要，難以抉擇哪個要帶走。要怎麼對邱妙津說不，遺棄太宰治，轉頭不看莎岡，假裝沒有莒哈絲。打包需要練習，反覆捨棄後才會理解什麼是真正需要的。精神上的糧食以外，胃的糧食也很重要，我還要帶大同電鍋，放入行李箱後占了大半位置。台灣的滋味，調理包、罐頭都是實實在在地沉重。

搭飛機那天父母親包了計程車到機場，那是唯一一次父親陪我去機場。一路沉默，所幸計程車開很快。我只要再忍受父親一點點就可以擺脫他了。到機場後前往土耳其航空櫃台 **check in**，把行李託運後，發現手提沒有管控重量，母親再把行李箱裝不下的物品用不織布袋裝到我手上，還沒上飛機我已滿身狼狽。還有比我更狼狽的是，有獎學金生到了機場才發現沒有自己的機票。二〇一五年土耳其恐攻頻傳，沒多少人選擇土航，不知怎的就認出了彼此，大概是一樣繁重的行李和年輕的學生氣息。他跑來問我要怎麼拿到機票。我看著他又拖著行李與原本要離別的家人一起回家，有些喜劇的畫面。

我跟父母告別，沒有什麼難過的情緒，更像是在配合母親不捨的心情演出。時間到了後

2 土語中的語言（dil）同時也有舌頭的意思。

我就拿著護照和登機證通關去了。飛行航線從台灣飛到伊斯坦堡，再從伊斯坦堡轉機飛往首都安卡拉，到安卡拉後再搭車到宿舍，但問題是我登上飛機後，還沒有收到宿舍分發通知，意味著我可能到安卡拉後得先一個人入住旅館，想得心裡發慌。

我十八年都住在宜蘭市，那是一個腳踏車騎十分鐘就能逛完的城市。從台灣飛到土耳其要整整十二個小時，國土比台灣大上二十一倍，況且當地人說的語言我完全聽不懂，還不一定能用英文溝通。我毫無長期居住國外的經驗，也沒有離家過，心裡也沒有任何頭緒，只是照著獎學金單位給的信行事。用著母親給我的旅行支票和美金現鈔壓壓驚，不論如何我還有一點錢。

幸運的是我飛機座位旁坐的人，正是獎學金面試遇到的人，那時她穿著黑色套裝，頸間繫著纏繞畫印花領巾。獎學金單位把獎學金生都畫在一起。我向她搭話，她說她也是獎學金學生，她是C大土語系畢業，到土耳其攻讀碩士，她的學校也在安卡拉，她說飛機上還有她土語系的學長。她之前有來土耳其交換過一年，對土耳其環境很了解。在飛機上用餐時，她流利地用土語和空服員聊天。[3]這趟飛行跟著她會很順利，這時我才放心。

剛安下心，她就說她是基督教徒，高中時自己到教堂受洗信教，她認為基督教是很開明的宗教。她接著說：「現在基督教可以討論是否允許婚前性行為，基督教很有討論空間且具包容性的。」我瞬間發現這個人來自異次元，她的世界初始設定跟我很不一樣。很早有性經驗且單身的我，一時尷尬到不知道怎麼接話，客套回答基督教與時俱進。之後我們停止對話各自休息。

飛機上的時間彷彿不是時間，是漫漫一大片蒸發掉的空白。在地上時總是有要做的事，得查看時間害怕時間過了，但在飛機上則沒有非做不可的事，只能等待時間過去。在幽暗的機艙裡沒有確切的時間，不斷橫越經度超越時間。

坐在椅子上難以入眠，睡著時簡直像電池耗盡，眼睛闔上視線一黑意識關閉，非常疲累。

到伊斯坦堡仍是黑夜，下飛機後我跟在獎學金生後頭。禮貌稱他們學長姐，但心裡上有些疙瘩，畢竟我不是C大學土語系的學生，嚴格說起來我跟他們沒有輩分關係，我想直呼他們的名字，但是基督教徒說我應該如此稱呼他們。

伊斯坦堡的Atatürk機場，肉眼可見的老舊，環境乾淨但油漆嚴重脫落，地板磁磚已經褪色，室內一致的色調像是被霧濛濛的灰塵籠罩，作為國家門面是風中凋零的淒涼。

3 土耳其航空的雇員大多是土耳其人。

學長姐問機場人員怎麼走到國內線機場，機場人員是個五十歲左右的大叔，見到外國人會說土耳其文很開心，熱情招待我們喝茶。土耳其紅茶呈深紅色澤，喝起來略帶苦味，茶香和韻味不是特別出眾，坦白說不是很好喝。茶水滾燙眾人一時之間喝不了，只能慢慢啜飲。像是茶界的美式咖啡，食之無味棄之可惜，但熱呼呼的茶水帶給人一種熟悉的安心感，無論何時都能嘗到一樣的滋味。

我趁機問學姐我該取怎樣的土語名字，我想取作Sıfır[4]，意思是數字的零，重新開始的意象，不知道這名字可好。學姐聽了後問大叔的意見，大叔說零給人一貧如洗什麼也沒的感覺，不怎麼妥當。他推薦了一個名字，學姐說她覺得太老氣，以後讀語言學校老師會幫我取名字。

等待茶水涼的時間，連接了機場wifi，學姐驚呼宿舍通知終於來了。收到了宿舍名字和地址，但我還是不知道要怎麼去，一切都過度陌生。搭上往安卡拉的飛機時，太陽從深藍色的地平線升起，鑲出一條金光。從機窗往下望，再也沒有長滿蔥鬱樹林的高山，唯有延綿無盡的土黃色荒原，這才讓我意識到，我已經抵達遙遠的異地了，此時遙不可及的反而是自己的家鄉。

下飛機領行李是整趟旅行最痛苦的地方，我根本提不動自己所有的行李，不織布袋還因重量太重背帶斷掉，只能用手抱著，兩隻手實在無法同時拖三個行李箱行走，光是身上的背包和袋子就使我走不太動了，還好同行的學長有幫我。

走到接機大廳後，學長姐說獎學金單位會派車接我們，不知道車子會何時來，又是無盡的等待。我真想躺在地上直接睡死，但只能死撐著，跟學長姐一起尬聊殺時間。

還沒到土耳其，獎學金單位已展現出脫線的態度，雖然獎學金是衣食父母，但我無法對獎學金單位感到信任和感激。

三個小時後，機場大廳的外國人逐漸變多，獎學金單位才派車來，每輛大巴開往不同的區域，學長姐跟我住在不同的地方便在此分別，感到與他們電波不合。大巴士全坐滿，九月的天氣中有些悶熱，我怕睡覺了就不知道要下車，專注地看窗外的風景，沿路的民宅許多都插上土耳其國旗，鮮紅色的旗子上有著一輪白色的新月，當時我以為是土耳其人愛國才擺旗子，後來詢問土耳其人朋友，才知道是為了哀悼因政黨紛爭而死去的人們。中華民國旗子上的紅色是革命的鮮血，土耳其共和國旗子上的紅色也是建國時青年灑下的熱血。

宿舍位在Dışkapı，地名有外城門的意思，位在舊城區Ulus旁，過去舊城曾經繁華，共和

---

4 音似捨佛羅。

國時期的第一個議會建立在此，政商大人物往來流返，如今似台灣的萬華，充滿了酒店、流鶯、乞丐，街道也欠缺修補坑坑洞洞，走在人行道很容易絆倒。Ulus是首都安卡拉最危險的地區，晚上時誰也不想在這逗留。

宿舍是十多層嶄新的電梯大樓，裡面設有食堂、體育室、會議室、祈禱室。從電梯走出來會看到一排鞋櫃，要脫鞋才能走到住宿的區域，所有的地板都鋪上了踩起來柔軟舒適的地毯。每層樓都有交誼廳，擺著一組灰色的沙發和木頭茶几。宿舍把所有外國人都排在同一層樓。房間是三人房，內有獨立分開的廁所和浴室，房內設有衣櫃、書桌和平放的床，大窗戶讓室內採光良好，可以看到窗外的公園和大馬路。宿舍建築背面的房間看到的則是，山坡上層層疊疊的違章建築，舊時代的磚瓦平房，沒有電線牽到那，裊裊炊煙瀰漫著，裡頭住著吉普賽人，宿管人員警告學生不要爬上山坡可能會被搶劫。

一到宿舍就感到微妙地不對勁。迎接我的宿管人員全都是包著頭巾的女性，住在裡面的女生也清一色全身籠罩在長袍下。虔誠的穆斯林並沒有不好，但當住進宗教宿舍，因為「宗教」規定不能穿著短超過膝蓋的衣物；不能在宿舍抽菸喝酒；不能在宿舍附近和男友約會肢體親密；若宿管人員發現違反上述規定將被驅趕出宿舍，這些規定使我感到自由受限。並且宿管人員用宿舍位置危險為由，把門禁訂在晚上八點半。

宿舍的名字是TÜRGEV，是總統兒子經營的全國連鎖私立宿舍集團。許多住在裡面的學生，都是由於父母支持執政黨，才讓女兒住進來給宿管人員加以管教。在宿舍裡只能說支持執政黨和伊斯蘭最棒。對我而言，宿舍環境再怎麼好，種種舍規的束縛下都不過是一只華美的鳥籠。

我的再次轉生要從這裡開始，雖然感覺不太妙，但我已經簽下獎學金合約，要在土耳其上語言學校和大學，加起來整整五年的時光。回台灣要面臨重考大學，我應付不來的考試，我沒有後路回到台灣，整個人一半都泡在土耳其跑不掉了。躺在宿舍提供的寢具，我很快地沉入夢鄉，無法得知我在土耳其的第一天，那些不太妙的跡象所代表的徵兆。

你的名字是 Ayça Ayça Ayça

到土的隔天，我去語言學校註冊，順便請老師幫我取土耳其語名字，老師一開始說 Ayşe[5]，其他老師開始訕笑，老師跟著笑了後說這好像太壞心了，便說那就Ayça[6]吧，是指跟月亮一樣美麗的女子，一抹細長新月的微笑。

後來我才知道他們笑的原因，課文主人翁叫Ayşe，如果我也叫Ayşe的話，念課文時就像在叫我一樣。土耳其人命名時會採用伊斯蘭教聖人的名字，Ayşe是穆罕默德第一個妻子的名字，在土耳其是很常見的女性名字。其餘會採用波斯語、阿拉伯語或土語，女生的名字大多有月亮、玫瑰，代表女人的美貌，男生常見的名字則是勇氣、智慧，彷彿只有這樣才能配得上想像中的男性內在似的。總之，我的名字在老師們的嘻笑中定下來。

5 音似阿伊謝。
6 阿伊恰。

有些土耳其人會追問我的本名，他們覺得父母給的名字，沒有必要因入境隨俗而更動。土耳其人幫寶寶命名時，第一步是對寶寶左耳朗誦**kamet**[7]，第二步驟對寶寶右耳朗誦**ezan**[8]，第三步是對寶寶左右耳說三次你的名字是〇〇〇。經過非凡儀式後得到的神聖名字，土耳其人通常一生都不會改名。

土耳其人因為想尊重我的文化想叫我本名。但我非常不喜歡自己的本名，這世上所謂的中性，意思就是去女性化，這個名字常讓人誤會我是男的，一個強調腦袋內容物的名字。我也討厭我的父母，我一點也不喜歡他們擅自決定的名字，名字上賦予的期待，根本是他們對我的妄想。

使用本名的第二個困擾是，土耳其人通常沒有學習外語的經驗，他們很排斥說外語，況且中文的發音與土耳其文非常不同，土語並沒有雙母音，但我的本名都是雙母音。他們發音不標準且充滿困惑，弄得我也很緊張，他們念我的名字時，我根本不知道他在叫我。

我說不上非常喜歡**Ayça**這個名字，使用土語名字更多是為了方便，讓其他人叫得了我的名字，記得住我的名字的聲音。我想要一個真正的「中性」，但我找不到這個選項。土語裡沒有陰陽性，唯有名字帶有性別，當別人喚我的名字時，我會回以一個漂亮女孩該有的微笑。或許是一直被人叫「美女」的心理作用緣故，留學後開始有人稱讚自己的外貌變漂亮了。

當別人叫我Ayça時，我感覺戴上了合群的面具，擁有一個屬於女性的普通名字。

使用土語的名字進入土耳其的社會，起先他人聊天時，我都先沉默聽取大家的看法。我以為我出國留學，代表遇到更多有包容性、政治正確的人，可以結交到擁有相同理念的朋友，在雙方不同的文化下創造出新的火花，善意坦誠應是人們之間的基本對待。我在留學前有過很天真的期待，我應該從他聽的歌、讀的書、看的戲、政治的理念，來認識一個人。土耳其標籤式的認識，讓我非常驚訝。

土耳其人初次見面都會先問三個問題，「你是哪裡人？」、「你有幾個手足？」、「你父母的工作？」

對我而言跟初次見面的人，說出父母職業太過私密。他們與其說是在了解「我」這個人本身抽象上的個性，更不如說是看到更現實的部分。這三個問題直接套出一個人的經濟水平，他們立刻揣測出你的階級。他們或許不覺得自己在探人隱私，個人的隱私幾乎不存

7 kamet，禮拜前的禱文。

8 ezan，宣禮，召喚人們做禮拜的聲音，內容節錄：阿拉至大。我證明阿拉以外再無神靈。我證明穆罕默德是阿拉的使者。快來禮拜。

在。

許多土耳其人在詢問台灣的事情時，都會抱著「土耳其是全世界最好的國家」的自大態度，回答起來讓我感覺很疲憊，我一方面不想戳破他們的玻璃心，也不甘讓自己的國家被瞧不起。對大部分土耳其人而言，我就只是個「外國人」罷了，他們跟我講話只是來滿足自己的好奇心，如此淺層的關係。

他們很好奇我的宗教，一神教的土耳其，幾乎以為宗教就是空氣，如此重要，如此無所不包。我剛開始會誠實表達：「我是無神論者。」土耳其人露出被冒犯的表情，我不相信神這件事讓他們感到自己信仰的神被否定了。在他們眼裡宗教就是道德規範，無神論者是道德敗壞者，他們對無神論者的想像非常偏差，他們無法想像一個沒有信仰獨立存在的道德。我被土耳其人質問過，我是不是真的認為人是從猴子演化，而不是阿拉創造的。後來我開始謊稱我是佛教徒，他們對非伊斯蘭的宗教很有意見，一神教都認為全世界最好的宗教就是他們自己，他們很看不起崇拜佛像（偶像）的行為。

或許他們就是打從心裡看不起外國人，信仰穆斯林的台灣人朋友，到土後還是會被一一質問，你信的伊斯蘭是跟我一樣的伊斯蘭嗎？

最讓我受不了的是，土耳其人普遍保守，像父母那代。他們常問我是否想結婚生子時，我都感到莫大冒犯，女人除了依賴一個男人奉獻家庭外，就沒有任何用處可言了嗎？許多土耳其女人的夢想就是結婚，得到碩大的鑽戒，生三個小孩。女人期待穿著漂亮碩大裙襬拖地的白色婚紗，沒看到每年上百位被性別謀殺死去的妻子流在地上的血，她們總相信丈夫是最愛她的，愛到不准她們屬於其他人就把她們殺了。

當我跟土男討論女性被謀殺，他說這是個監禁的國家。國家把作家、記者、律師、出版業、公務人員所有追求公平正義的人監禁在監獄，男人把女人監禁在家裡，不要女人有朋友，不要女人出門工作，讓女人只有家和丈夫。

女人被丈夫家暴卻不能言說，沒錢的女人也無處可逃，直到被打死再也不用說時，大家就把她埋了。

在一個戒嚴狀態的國家，我想認真說點什麼時，大家就叫你閉嘴。

上課時教授打岔聊天，問我有沒有聽廣播的習慣，我說我不喜歡聽廣播，因為廣播上只有艾爾多安[9]的政治演說，全班同學聽了哈哈大笑，我點出一個明確的事實。教授課後立刻把我叫去談話，跟我暗示最好別開總統玩笑，許多人都因為說太多就消失了。

9 土耳其總統。

當提到政治時，提問者會要你強迫表態，在一個有出版管制、可以因為社群媒體的發言被拘留的國家，一定得說支持目前的執政黨。我看不慣土耳其總統的性別不正確，背離凱末爾國父共和國主義，將土耳其導向獨裁和伊斯蘭化的方向，但我又不敢表現我的不支持。面對被當成異類的眼光，溝通消失了，成了單方面的民意。

我從來不看土耳其國內媒體或是土耳其國家電視台（TRT），這些都是艾爾多安的傳聲器罷了。因為許多政治、抗議新聞不能報，土耳其的新聞台只好狂放行車記錄器的畫面，或是Youtube熱門影片，讓可愛的貓狗小孩撫慰大家的心情。

新聞或許不能代表一個國家的民意，但當身邊的人都同樣說出與政府當局同樣的論調時，我只能用沉默來表達不認同，在緩慢地套話中等待相同的善良。當有人叫我Ayça時，我戴上了與大家無異的笑容，沒有聲音的笑容。

外國電影

我從來不覺得有些事是真的。如果你問我這件事是否發生，我會肯定地回答確實有這麼一件事，讀取出記憶上的刻痕細細地說給你聽，一件與我個人有關的事，但我卻像是沒有參與其中一般記著。

與H君交往兩年後，沒有任何預兆和指示，他忽然問了：「妳是不是還覺得跟我交往像假的一樣？」黑暗的房間中，我原本舒服地躺在床上，側臉貼著發燙的手機跟他講電話，忽然像是從混著冰塊的冷水中倒出來，僵直地躺在砧板上，他的宣告是我等待被菜刀斷頭似的最後指示。

他點出了我缺乏真實感的部分。在理性上議題的支持與反對，我和H不一定有相同看法，但談到個人本身，好像是同種的野獸，他只要嗅聞就可以知道怎麼回事，總猜得像自己的事一樣準確。

我對他說謊。承認H宛若不存在，對他而言一定是件傷心的事。不管睡過幾次，共同吃過幾次晚餐，我還是不覺得他真的存在於我的認知裡。我想H會愛我這件事，顯得太過夢幻、重要了，我不相信只要像是對付所有人一樣，張開雙腿讓身體裡的洞說出我愛你，他就會緊緊擁抱我。

但他就像所有人一樣掉進去了，那麼地容易，只要捉住對方的孤獨感，就可以得到對方的愛。

世界通用的道理，即使在我身上成功地套用了，客觀認知上事情成了，但我卻不能領取獎勵，無法接受原本沒有的東西。並不是給予到我的手上，我便能夠得到，即便我那麼地想要那個東西。就因為我那麼地渴望，那就更不可能擁有。築起期待之前，要先把希望敲碎成失望，不然無法接受沒有的失落，這份失落在得到後卻無法移除，沒有真實感讓結果顯得一點都不重要了。

沒有真實感是腳下堅硬的地板開始液化起來，水波的漣漪不斷傳遠，沒有人可以穩穩地站在海上，只能狠狠地摔進去，不斷地下沉、下沉，什麼光也沒有的海底。我總在等著我從地面跌下去，但沒有一件事成真。

異國的景色，土耳其的街頭，對我而言僅僅只是外國電影。電做成的影像，沒有實體的影像。我坐在我的位置，看著那些掠過的人，他們總有著突出的眉骨，濃密的眉毛，高聳的顴骨，看起來如此粗獷的形體，山的波谷與高峰都在同一張臉上。五顏六色的頭巾把女人包得只有一張素白的臉，男人鬈曲的體毛從衣服的領子和袖口冒出，西裝褲下是尖頭得可以把人踢出一個洞的皮鞋，少女將亞麻色的長髮用金色蝴蝶髮夾夾出一個公主頭，從帕慕克小說裡走出的芙頌，土耳其小說裡走出的土耳其人。

在土耳其讀了幾個月的語言學校，熱熱鬧鬧地跟外國人、土耳其人吃過幾場飯，大家漸漸地滿足好奇心後就各自鳥獸散，在那些聚會之中，我沒找到任何一位與我談得來，或是說一個真心坦白的人，我和他們只是一起合照了，然後我意識到我跟他們一點關係也沒有，忽然之間就只剩下我一個人走在街上。路人們為了自己的事，歡笑或是怒罵，接吻或是互毆，全都沒有我的事。這些影像僅僅只是經過了我。像是電影院裡那一大塊布幕把故事的世界與觀眾分開來。我住的城既沒有我愛的人，也沒有恨我的人，如此乾淨的安卡拉，簡直空白得像是一座精神病院，把所有病因都徹底隔離起來。只要通過獎學金單位要求的成績就沒人找我麻煩，每天記得吃飯，睡過沒有夢的夜晚，無關我是否想活過這天，一天又結束了，今天的我、昨天的我，好像完全沒有任何關係，只是又增加了一天的記憶，但我感覺過了今天，我又死了一遍。

我想寫一部小說，以為自己只是個洞，不斷流出各種液體的女人，關不住的淚水，她無聲地流淚走在街上，她都快與自己的淚水化成一體，一切都令人傷心。畫家將她撿回家，畫下她的形體，給予她一個實體，得到身體的女人終於有資格與人相愛，並且被人愛著。這是一個太過自慰的想法，我只是想著這個故事，如果寫下來就太無恥了。況且我並不是貓或兔子，絕不是一個可以裝進籠子撿回家的大小。

地板又晃動了，我想我要掉下去了，全部只是外國電影，大家說著不屬於我的語言。想到《色戒》的王佳芝在黑暗的電影院裡，趁著他人專注看電影時痛哭，連流著的淚都反射出電影的光彩，諸多色彩的淚水，讓他人以為她深深為情節感動，她的淚和電影根本不相干，只有在這不真實的兩個小時，她可以跟著入戲虛假地哭一場。我走進了電影院，爬上漫長的台階，坐上紅色的單人沙發，雙手擺在腿上，將自己縮進位子裡，不想碰觸到座位兩旁的人，燈光漸漸暗下，布幕的色彩越發鮮豔，每個人都盯著另外一個不存在的世界，流洩的樂聲和對話卻更加像是真實，相較什麼也沒有的精神病院安卡拉，在百分之百的不真實中，我隨之又哭又笑，我終於感覺穩穩地站在地上了。

They don't give a shit about people like you.

《小丑》（*JOKER*）裡，亞瑟和政府專案的免費諮商師對談，亞瑟談到他終於確定自己的存在，諮商師插話說政府裁減預算，要關閉辦公室，緊接著諮商師說：「沒有人在關心你這種人。」（They don't give a shit about people like you.）

「在乎」，翻成土耳其文是iplemek，這個動詞可以拆解成丟繩子，為在深淵中的人遞上一條救命的繩子；而在英文裡則是最沒有價值的shit，連一點shit也不給你，徹底地不關心。

二〇一九年《小丑》上映時，我在一個月內重看了六遍，亞瑟的失落讓我感到深切的同感，我回想住在土耳其後所發生的人事，就像是所有人對亞瑟的態度。

很長一段時間，我在土耳其唯一有類似「愉快」感覺的時刻，只有上廁所。生活上只有這件事完全掌握在我自己手中，爛透的情緒排不出來，尿意自然而然就能清空。宿舍生活中只有廁所和衛浴是私人空間，我會在廁所裡無聲地痛哭，沒有任何人看到，不用解釋自己為什麼悲傷，不用假裝自己好了把眼淚吞回去，洗澡時還能順便把鼻涕眼淚都洗乾淨，看起來一點都不難過，不需要勞駕他人虛假的問候。

二〇一五年一開始飛出來應該很快樂。從封閉的女校畢業，奔向自由，遠離家人，結交外國朋友，展開留學生活。唯一做到的只有跟家裡斷了關係。私立宿舍比有教官的女校更侵犯個人隱私，女校只有規定和可恨的師長，但同學至少善良無惡意，土耳其人學生都是家長支持執政黨才送進宿舍管教，那些乖乖聽話的學生思想迂腐得不可置信。

舍監拉攏某些學生做線人，他們披著禮儀的皮，假裝熱情地應對，到最後都只為了套情報以待舉報，聽到不算是犯規的私事，便把別人的顏面踩在地上作有趣，八卦隨意流傳。線人抓誰偷抽菸或喝酒，監視學生有無參加每個禮拜的集會。我痛恨強制的團體活動，無法忍受像是個木偶一樣聽話。我假借上廁所，溜到無人的會議室，留心每個腳步，躲在裡頭等待集會時間過去，好似做錯事般緊張。讀女校時也是躲在廁所或是放掃具的櫃子中，躲掉升旗和土風舞活動。

私立宿舍用防止恐怖分子為由，不時來房間翻箱倒櫃，實則想找耗電的熱水壺[10]。每次舍監理直氣壯在我面前打開我的衣櫃時，我噁心得想揍她。

女校每個月都有服儀檢查，站成一排排給教官看，教官總會特別針對某些比較活潑的女學生。強迫規定每個人都一樣，讓我感覺特別沒人性。這個宿舍與女校一樣有服儀檢查，穿著不能看到胸部，裙子不能短過膝蓋。常看到外國學生穿得少些，緊抓著長外套遮住身體，奔過門口旁的舍監辦公室的畫面讓我感到滑稽。有外國學生胸口露太多被要求寫悔過書。舍監動不動威脅扣你獎學金。

所謂的關係、人脈，都是從義務中衍生，比如說有血緣的家人，上學每天相處的同學，除了非得要會面的人，就沒有其他與人交談的機會。宿舍的外國人都愛聊別人的私事，不然就是一起看手機影片、討論明星藝人。每個人盯螢幕看的時間，都比看人眼的時間長。我總覺得他們說的話很無聊，不想參與討論。宿舍的中國學生總是對我玩弄「彎彎」的刻板印象，模仿我說華語的腔調，久了我也厭煩她們敬而遠之。許多住在宿舍的外國人，都只是擦身而過，我總記不起她們的名字，也不曾跟她們深談過。等公車的時候，面熟的非洲女人衝到我面前，生氣地罵我冷漠到很無禮，連跟她問好都不會。

所謂的「朋友」等於制式的打招呼和說廢話嗎？

她最後發狠撂下了Don't keep yorself, please smile, do you understand?（請別再那麼自我，

---

10 土耳其的公共空間不會有飲水機，學生必須自己買水煮水。

請微笑，你聽懂了嗎？）

我聽得懂字面上的意思，點了點頭，但卻說不出應該的回應，像是允諾改善自己的態度。然後，我搭上公車，端正坐正，肩膀夾緊雙腿併攏，如果不是這樣綁住自己的僵硬姿勢，我將化不成形，我會垮掉。

好似一把大剪刀，把我和其他人之間的關聯全都剪斷了。如果我繼續保持自己，我只能做一個絕緣體，我深刻地感覺我跟身邊的人合不來，只是互相浪費時間，每一個人都很虛假不坦白，大家只想榨取對方身上有用的部分。每個外國人都只是短暫停留土耳其，所有的人都是過客不需太留心。我明白其他人是這樣想後，我更提不起勁說話，每次開口都讓我遲疑。或許一直以來都是這樣，我總是跟周圍的人處不好，我從來沒參加過任何一次同學會，我習慣畢業後斷聯所有人。

我只會跟相同興趣的人談話。我在土耳其遇到的人，總讓我感覺要提防。我不能暢所欲言表達，無話不說只有自言自語的時候，我無法克制自己洗澡時說話。我無法控制自己不要自言自語，害怕被室友發現小聲地說話。這是我從小的壞習慣，因為沒有人跟我講話，所以我會在獨處時不斷自語，好像有一個人陪伴著我。

我處在人際上的飢餓狀態，但我碰到的人都是垃圾。其中帶給我莫大折磨的人，就是我的室友，朝夕相處的互相干擾，再加上宿舍食物難吃，是連土耳其人都嫌爛的餿水，總是過乾的雞肉，帶著羊臊味的牛肉，有菜蟲的生菜，所有的食物都過油過鹹，那是段吃不好也睡不好的日子。

室友的臉臭得像大便。並不是嫌棄非洲室友臉是大便色，而是想表達她的臉真的很臭。她一如往常不打開房間的燈，手機螢幕的光反射出她的臉，她像是沒有腿一樣永遠躺在床上，此刻的她雙手交叉抱緊手肘，好像石化在床上等了我一輩子，看到我後顯出她超級白的牙齒說：「廁所。」

我打開廁所門，高級私立宿舍厚實的木頭門，室友每個禮拜打掃的潔白磁磚，和發亮的白色陶瓷馬桶，看起全無異狀，仔細看了一會，我發現馬桶裡有咖啡色的汙漬，比芝麻還小的點，我抬起馬桶蓋，拿起馬桶刷，清潔完畢後沖水，滿臉燒得通紅發熱，羞恥的感覺總像是走入火坑中，燒得自尊都不剩，熱得讓人全身不舒服。我剛剛拉了肚子，我明明檢查過沖水後的馬桶了。

我和室友的關係，死局還不足以形容宿舍生活的窒息。她們願意跟我說話時候，只有對我有所不滿時，每次她們跟我講話我都很緊張。而我也有對她們的抱怨，她們半夜三點還在房間講電話，我無法入睡請她們到交誼廳講話，她會聯合另外一個非洲室友說：「妳不尊重我們，這是我們的房間。」

此刻，我卻必須立刻改善她的抱怨，我還是得到她床前跟她道歉，她才滿意地移動渾圓大屁股走到廁所拉她的屎。

我總是很在意自己上完過後的廁所。說來慚愧，我到小學後，才學會每次上廁所後都要沖水，我以為小號不用沖。家人沒教過我上廁所的方法，許多像是常識一樣的東西，都是我出國之後跟人發生衝突才學會。其實我父親是連大號也不沖的人，我家裡的人總擅長留下爛攤子給別人，沒有人在乎任何一個人，他們連自己也不在乎。

父親做里長，里內有位畫家開了畫室，父親為了拉攏選票，繳了學費讓我去學畫。畫家把一樓的鐵皮屋平房當畫室，窗戶、地板、牆壁全都染上了厚重的灰塵，畫架上的老舊的木頭畫板已經被圖釘刺得破爛，有著好幾個大洞。最神奇的是這個破畫室，除了我以外還有五個長期學畫的學生，小學一年級的我是裡面年紀最小的，其他的學生都是高年級或是國中生。老師在上課時間會忽然不見，單獨留學生在畫室裡，直到快下課家長要來接送時才回來。老師不在時，年紀比較大的學生會來嘲笑我畫得很差，面對其他年紀比較大的孩子們，我只能想自己糟透了，找不到任何防衛自己的方法。我早已不信任自己的家人，所以我也不會跟他們哭訴，我只能安靜地承受，等待上課時間結束。

總之，我有了尿意，推開了落漆露出木頭底、斑駁得不知該不該稱為「綠色的」廁所門，在廁所裡時我真想一輩子鎖在裡面，不想再踏出去看到畫室同學。任何地方都不能讓我感到安心，只想把自己關在一個狹小的空間裡，跟所有人隔離——就算是發黃散著異味的畫室廁所。我做了好大的心理建設才打開廁所門，回到座位繼續畫畫。我出來後立刻有人進廁所，那名學生立刻大喊：「好髒喔，誰尿尿不沖水！」他作勢把手平放在眉上，彷若像是個看向遠方的水手，全身一起移動地從左邊環視到右邊。

現場一陣靜默，但所有人都知道我剛剛進了廁所。當時畫家找了他女友來代班，其他人看在大人在場的分上，沒給我更多的嘲弄，他們一定在心裡嘲笑我。我僵硬地緊握鉛筆，鉛筆沾上汗水而濕滑，我困在驚訝和羞恥中，原來小號要沖水！之後我總是神經質地惦記著自己上過後的廁所，如果沒有沖水的記憶，那種焦慮會不斷爬上來，「可能沒沖水的羞恥感」讓我不能做任何事，即使半夜睡前也會折回廁所檢查。別人進去我上完後的廁所，我會偷聽他沖幾次水，如果一進去就沖水那可能就是我的錯。我再也沒有忘記沖水了，我還是困在沖水的焦慮裡。

小學畫室的氛圍跟此刻宿舍房間相像，室友的年紀都比我大，帶著莫名的惡意。室友跟我相處時通常是一片肅靜，另外一個室友回來後，兩個非洲人會愉快地問候對方今天過得如何，我跟她們打招呼時，只會冷漠帶著嫌惡小聲地說妳好，就沒有對話了，她們從不主動跟我打招呼。

剛住進宿舍時不是這樣的，當時只有一個南非室友，我和她一起採買寢室用品、辦居留證，互動良好。南非室友很愛乾淨，固定每個禮拜打掃房間，她都主動掃浴室廁所，我表達過想幫忙，她總會說不用。我自己找事做，拿起吸塵器吸地，擦乾淨每張書桌和床頭櫃。

我對於探人隱私或是尬聊沒有興趣，況且我跟她並沒有什麼共通話題，光看她帶兩大行李箱的衣服，卻沒有裝半本書，書桌乾淨地什麼都沒擺，我便明白我和她毫無交集可言。回到寢室打招呼後，就各自做自己的事了。南非室友曾很滿意地跟我說：「妳是個好室友，希望這個房間永遠不要改變只有我們兩個人。」我以為互相不干預彼此是禮貌，室友不過就是共用一個房間罷了。

一個月後南蘇丹室友來了，她們兩個無話不談變得很友好，這就成了我的災難。摩擦在宿舍舉行的整潔大賽後浮現。我對這個整潔比賽嗤之以鼻，充滿了女校團體生活的教條制約，但除了我以外每個學生，竟然都為了整潔比賽鼓譟，她們很渴望拿到第一名。

比賽結果出爐後，室友憤怒地指責都是我讓整潔分數下降，原因是我的書桌擺了東西。雖然我痛恨整潔比賽，但我前天晚上稍微檢查過桌面，把書櫃的書本擺整齊，筆都插回筆筒，用抹布擦過桌子。

我不知道原來整潔比賽的最高原則是清空所有物品，把所有的雜物收進櫃子，宛若沒有人住過為標準範本。如此荒謬的整潔比賽，竟然讓住宿生全心全意遵守，沒有人感覺自己的住處不該被人評分。

南非室友坐在她的床上，開始把她所有的不滿都罵出來，她看不慣我讀完書後就把書擺在桌上，她討厭我桌面上擺東西，她認為我沒有為寢室衛生奉獻，她之前都只是客套，但沒想到我一點也不知道主動。她覺得我洗澡時自言自語很可怕。她們不只罵過我，還把這些話告狀到舍監，舍監隔了半年才找我談，因為舍監不會說英文，她等我上過半年語言學校，比較可能聽懂土語後，再來訓罵我一次。

她針對洗澡自言自語的部分，耗了特別長的時間來質問我的精神狀況。

這時我才知道每次我要幫她忙時，她的沒有關係都是假的。我根本搞不懂她真正想表達的意思。即使之後我每個禮拜都會主動掃浴室和廁所，用功完後把所有的文具和課本歸位，我和室友的關係也沒有因此和好，簡直像是摔破的碗，再也黏不回去。我每天晚上都被室友的電話聲吵到不能入睡，只能隨她們心情看她們要講到幾點。

室友時常對我掉落的頭髮發飆，因為室友都是非洲人，她們的頭髮像陰毛一樣鬈曲短小乾燥，用髮膠黏成一束束再編成辮子，室友大概三個月才會洗一次頭，回寢室都會戴一個頭套，她們睡過的枕頭都沾著發黑的髮油。簡單來說就是她們的髮質跟我不同，並且都編在一起根本不會掉髮，但我每天都會自然掉落五十到一百根的長髮，她們只要看到就會叫我撿起來，我花了很多時間在撿我的頭髮，神經質地盯著潔白磁磚的地板，尋找一根髮絲，我活像個關在精神病院的病人，困在各種沒營養的事情中耗損心智。

在那段不愉快的宿舍生活中，我做了一個夢，我一如往常在浴室裡撿頭髮，起身瞄到鏡子裡的自己，整張臉都徹底發腫發爛呈紫紅色，眼睛鼻子嘴巴五官被爛掉的皮膚給擠得變形找不到了。我被自己醜到驚醒。自那天起，我的臉長了大量的痘子，總是滿溢著白黃色的膿要噴發，臉頰、額頭、下巴和耳朵，都擠滿了痘子。

我不怎麼在意這件事，睡不好已經讓我對大部分的事情都沒感覺，我很糟的時候就不知道什麼是感覺了。當然，室友從沒關心過我的臉怎麼了。不久後我嚴重地生病，沒有任何食慾，把吃的東西都嘔吐出來，喉嚨異常疼痛和乾烈，喝再多水都會覺得渴，每次吞嚥食物都痛，無時無刻都感覺痛。

身體太難受，去健保給付的公立醫院看病，醫院的每棟大樓都斑駁老舊寫著貧窮兩個字，院內更是擠滿了病人與肉眼可見的髒汙，有裂縫的牆壁，地面散著報告書、衛生紙和垃圾，醫院大廳的椅子像是被公牛撞過似地亂擺。掛號和候診的地方完全沒有秩序可言，看醫生喜歡誰就叫哪號。排了幾個小時進去後，醫生只會給你抽血和驗尿的標籤紙，病人做完檢查拿到報告書後，醫生才能依據數據替病人診斷，從掛號到拿到藥最快也要兩天，並且醫生和護理人員每個人的態度都傲慢極了，完全不在乎病人身體不舒服。我看了兩次醫生打過點滴，病情毫無轉好的跡象，醫生對我看煩了，對我吼說感冒就是這樣難受，妳再看醫生都沒有用。後來聽其他外國人說，土耳其公立醫院的藥量，在他的國家是開給牛吃的劑量，但卻沒什麼療效可言。至此後我除非病得不能忍耐，才會在土看病。

我口渴得難以入睡總在翻身、喝水和上廁所。室友們對我開口說話了，她們當然不是慰問我生病，而是抱怨我老是發出聲音影響她們的睡眠。我氣得抱著筆電走去宿舍交誼廳，感覺一切都好荒唐，這間宿舍裝潢美輪美奐，卻管理得像是一座監獄，裡面住的人心胸比犯人還惡毒。我不斷地在網路上搜尋獎學金，想找到錢讓自己出去租房子，卻找不到任何有用的資源，土耳其工作的薪資非常低廉，二〇一五年的基本工資是一個小時六tl[11]，當時等於六十塊台幣，但市區的房租不含水電至少八百tl。我週間五天都必須去語言學校上學，剩下週

11 土耳其里拉，土耳其貨幣。

末兩天都打工也不夠錢。我不可能兼顧課業和打工，當時我剛來土耳其既沒語言能力也沒人脈，根本不可能做口譯，我找不到任何方式籌房租。

我曾有一個留學夢，大費周章申請獎學金後來到土耳其後，我才發現這是一個天大的笑話，我既沒有結識到善良的朋友，也沒有從學校學到知識，我跟以前一樣把自己困在廁所裡，我唯一擁有的尊重是上廁所的短暫時光，我忽然意識到自己在土耳其實比shit還不值，「They don't give a shit about people like you.」，是我室友真正想對我說的。

不存在的

總是有人問我來自哪裡，我彷彿有義務一定要說明。

許多人興奮地問我：「是不是韓國人？」我說不是，他們的反應最為失落，以為來自偶像國度，結果竟是個冒牌貨。老年人多半猜測日本人，由於伊斯坦堡第一座跨博斯普魯斯海峽、連接歐亞的大橋由日本人建造，過去許多日本人來土耳其投資與留學。

不良少年總愛以為我聽不懂，對我大喊Japon（日本）、Çin（中國），讓我每次看到一群男學生迎面而來，心裡都會預先設下被捉弄的準備。有時路人會撞倒我後，說聲：「啊，是中國人。」連聲道歉也沒有。

他們都預設我沒有耳朵，不管他們的作為多麼無禮，長得不一樣就不是同一種人，那也不需要用人的方式對待，所謂的外國人像是斑馬走在街上那般怪異，既然是斑馬的話喊牠斑馬當然沒關係，就算喊成獅子也可以，反正都是畜生。即使感覺不大好，但至少在他們眼裡我還是個「存在」的外國人。

我一再向他人更正：「我是台灣人。」光是說出自己來自哪裡，便足以引起中國人的不滿。讀語言學校時，班上有幾位北京外語大學的交換學生，老師要學生自我介紹，我說我來自台灣，中國學生立刻故意用土耳其文，讓所有人都聽得懂說：「台灣不是國家，她是中國人。」老師和其他學生選擇不回應，繼續自我介紹。即使我說我不是，還是沒有同學要支持我。小小的教室裡，十多個同學對我的冷淡，宛若重現國際社會孤立藐視台灣的景象。

一旦離開了台灣，台灣便成了不存在的國度，每次提起台灣時簡直像在問：「你相不相信鬼？」你相信一種看不見，但卻存在的超自然力量嗎？你相信台灣存在嗎？

上了大學後，語法學的教授問了我哪裡來後，立刻對我說：「妳明明是中國人。」他每次都叫我中國人，我不斷向他說明，台灣是一個獨立國家，有政府、人民、土地。教授總用台灣與中國有相似的文化、語言反駁我，無論如何解釋，他都不願意說「台灣人」也不想叫我的名字。他樂於看我被否定的反應，他享受教師的權力是讓學生服從，但我總是不從，那他便報復我，打從心裡讓我難受。我最後順著老師的話說，以文化和人類學的學術語言，我應該被稱為漢人而不是中國人，老師才改口用漢人稱呼我。

我幾乎每堂課都被語法學老師叫中國人，展開十多分鐘台灣人身分的辯論，沒有一位同學願意為我說句話，或是感到我被老師欺負。當我跟其他同學提起時，他們總像是不在場一樣，好似完全沒發生過，盡可能把這件事解釋得一點也不重要，同時他們也不想為了我這個外國學生，說出任何責備必修課語法學老師的壞話，在土耳其沒有祕密，任何說過的話都會傳到別人耳朵。

我常聽土耳其人說：「政治不重要。」

土耳其的年輕人大多對政治冷感，他們寧可花大把時間滑ＩＧ，也不願知道過去和現在發生什麼事。由於土耳其實在太「政治」，若站在政治的反面，立刻有殺頭風險。

土耳其幾乎每十年一次政變，由於國父凱末爾是軍人背景，他建立了現代軍隊，並且推翻奧斯曼帝國，革命成功後，他賦予軍隊極高的權力，軍隊是世俗主義的保護者。起初軍隊貫徹軍政分離的原則。一九五〇年土耳其民主黨執政後，開始清洗軍隊勢力。並且因執政黨政府經濟過度推崇自由化，導致經濟失控，全國家陷入不穩定狀態。並在嚴重通貨膨脹的情況下，政府拒絕調漲軍隊薪水，一九六〇年時忍無可忍的軍隊發起了政變，打破了軍政分離，埋下軍人干政的濫觴。

每次政變完都是大批的公務人員和法官的清洗。政府時常用「恐怖分子」開除人，這是個被濫用過度的標籤。不論私立與公立機構，政府都有權去搜查，尋找異議的「恐怖分子」，一旦貼上「恐怖分子」的標籤後，幾乎不可能再被人雇用，得面臨長期的失業，「恐怖分子」和他的親人的護照皆會被沒收，把人拘留在國內，宛若戒嚴時期裡人人迴避的政治犯。土耳其的政治鬥爭根本是蔣介石的治台風格「寧可錯殺百人，也不可放過一人」。

二〇一六年的七月十五日發生軍方叛變，總統號召人民到街上和軍人互殺，捍衛土耳其共和國，一日政變的夜晚死了三百多人。當年暑假後展開的新學期，安卡拉大學立刻以「恐怖分子」的名義開除九十名教授，[12]其中政治學院被革職了三十六位教授。許多課由於教授的空缺開不成，導致許多學生選不到必修課，面臨畢業危機。我所在的語言歷史地理學院，最有曝光率的戲劇系因此無課可上，他們乾脆在學院裡舉起木板大肆抗議好幾個禮拜。

學校發生這麼大的事，卻從未有同學跟我談過「政變」、「消失的教授」，好像什麼都沒發生似的。每個人都刻意地無知，刻意地不談，整個社會呈現蔣家治台的「歲月靜好」。

土耳其人連國內的事都不在乎，怎麼可能理會我這個外國人呢？

他們如我未出生時的台灣戒嚴時期受黨國教育下、盲從的人們。

我誕生在台灣的自由解嚴時代，殊不知來到土耳其後，軍方政變失敗，總統便在二十號後宣布緊急狀態[13]，解嚴後出生的我竟然有機會體驗台灣過去的不自由。緊急狀態維持約兩年的時光，但廢除前後沒有太大差別，所有的限制和盤查都還在，侵害人權和吃飯一樣理所當然似的。集權國家的特性就是不公開、不透明、人民沒有隱私的權利。

土耳其熱鬧的街頭總有警察，隨身都一定要帶居留證或護照，隨時都可能被盤查，出外省坐巴士絕對會被攔車檢查。

土耳其經典電影《父與子》[14]，一九八〇年九月十二號當晚爆發政變，故事中的媽媽剛好臨盆，熱鬧的伊斯坦堡瞬間安靜無比，每個人都躲在家中不敢外出，深怕一不小心就要提早見阿拉了，每個人都愛惜生命，不願開車載他們到醫院。直至清晨曙光照亮黑暗，父親抱著母親一動也不動的身體，被巡邏的軍人發現才把他們送到醫院，兒子平安保下。父親大學時違背阿公要他選的農業系，選擇了新聞系，因此和家人決裂，但阿公怕他記者身分不安

---

12 Suzy Hansen，〈像你這樣的人的時代已經結束了：土耳其如何肅清知識分子〉（The Era of People Like You Is Over': How Turkey Purged Its Intellectuals），紐約時報，來源：https://www.nytimes.com/2019/07/24/magazine/the-era-of-people-like-you-is-over-how-turkey-purged-its-intellectuals.html。

13 Olağanüstü Hal：比台灣的戒嚴再嚴重一個層級。緊急狀態是指一個國家陷入或即將陷入危機，有可能會影響國家的發展及存亡，由國家元首使出超過平常法治範圍的特別措施。政府可以不經審判就將人逮捕和搜索；媒體需經過政府審核，才能發表新聞。

14 自譯，原文：*Babam ve oluğum*。

全，收養了他的兒子。父親是左翼青年，大學時參與多起政治運動，之後被政府逮捕，服刑期間遭受虐待，健康嚴重受損，出獄後發現自己即將病危。他服刑時兒子由阿公照顧，他決定回到故鄉，在生命的最後與兒子相處，以及修復和阿公之間的裂痕。

電影中有一幕，他與兒子坐火車享受旅行的快樂，美麗的田野風光，軍人忽然出現，要乘客出示一一證件，背景音樂立刻變得懸疑危險，即使父親已經出獄服完刑期，他仍輕皺眉頭冷汗涔涔冒著，緊張地掏出證件，軍人拿起他的證件端詳時，我心臟緊張得都要跳出來了。每次我被查證件時，都會想到這幕，想到電影裡的父親因為理念坐牢，那我的思想對土耳其而言是「正確」的嗎？

所有的新聞、報紙、書籍，甚至網路言論，都在政府的審查掌控之下，監獄裡關了全世界第三多的記者和作家，僅輸給中國、埃及。每當重大事件發生時，政府立刻斷網，臉書和各大ＳＮＳ都上不了，讓人民的聲音不存在，那就一點事都沒了。

異議者都被抓到監獄裡了，顧好自己最重要，國外政治都是他國事務沒興趣干涉，國內政治無能為力，乾脆當作全都不存在。人權和政治的重要性，只有等到自己被迫害，才知道別人家的孩子死不完，有天也會死到自己家，到時自己已經被他人當作不存在了。

我只是來吃飯

宿舍有位中國碩士學生S，她跟我在同一年拿了獎學金，也都是土耳其新手。她之前在駐中國的土耳其大使館工作過好幾年，來到土耳其後，被中國使館的朋友邀請去中國國宴。我住的宿舍門禁晚上八點半，如果要晚歸必須有同宿舍的學生同行，舍監才會同意放人。她拜託我跟她一起去中國國宴，她要我別多想只是去吃好吃的。

我答應她我會去，可是心裡有種說不上的糾結，好像自己做錯了什麼，但又不明白哪裡錯了。剛好之前一起搭飛機的基督徒台灣學生約我吃飯，我告訴她這件事後，她很生氣，她說我絕對不可以去，但是她沒有講我為什麼不能去，只是很堅持地說台灣人就是不行。我心裡不大愉快，強要我遵守沒有道理的事。在對方強硬的態度之下，我只好撒謊說自己會拒絕中國人的邀請。但礙於宿舍晚歸的規定，S真切需要我與她同行，最後我還是硬著頭皮跟S一起參加中國國宴。

我和S從語言學校下課便搭計程車去國宴地點，我還背著書包穿牛仔褲，我根本沒時間購買正式服裝，S姐姐則穿著黑色小禮服，她安慰我說沒關係只要人來就好。

計程車開到了彷彿水晶製成晶瑩發亮的摩天大樓，世界連鎖的奢華飯店。進入宴會廳，走廊上擺了好幾個攤位，有孔子學校、一帶一路、中土合作的捷運、中國的礦物公司等等，展示著中國在土耳其的繁榮發展。最引起我注目的是中國美食攤，桌上擺的蒸籠裡面有真正的包子，土耳其幾乎沒有外國食物也沒有亞洲超市，我嘴饞地想能不能嘗到一口。S姐姐說使館都會從中國帶廚子方便宴客。

中國國宴食物最終挺令人失望。沒有吃到中國菜，只有很不正統的蛋炒飯。飯店擅長料理土菜和西餐，雖然很好吃，但讓我有點難過。鹹食裡最喜歡的一道，是吃起來似糖醋排骨的燉肉。

中國在用餐時安排才藝節目，高亢的歌劇演出穿透爆音的麥克風爆炸大家的耳膜，吵得要死又不能聊天，品味有待加強。

明知自己只是沒背景的貧窮學生，竟因留學能混入這種場合，我不斷地東張西望像個笨蛋似的，宴會廳裡吊了數個大水晶燈，把一切都照得珠光寶氣。深紅色的絨毯上放著許多小立桌，讓人們快速翻桌，一桌聊過一桌地社交。美酒和果汁盛在高腳杯，由侍者放在銀色的托盤上巡迴人們之間。我看著S姐姐不斷和舊同事聊天，我一丁點也插不上話，如她說的，我只是來吃飯的。有些中國學生和S姐姐認識，一起自拍合照時，連我也一起入鏡了。

奢華至極和充滿美人們的晚宴，離去後我竟只記得無數雙高跟鞋，S姐姐前上司因高跟鞋太痛苦提前離開，脹著通紅的後腳跟，無數醜陋的吃相，我驚恐地用手掩著自己咀嚼的嘴。

隔幾天後是中華民國國宴的事前籌辦會，基督教學姐約我一起去使館，她見到我後，立刻指責我說謊，她看過中國國宴的照片了，她再說了一次身為台灣人就是不准去，我不悅地反駁中國國宴有那麼多不同國家的人，憑什麼台灣人不能去？她想了很久才說：「政治敏感。」

然後再補充：「如果妳告訴中國朋友有中華民國國宴，我們就辦不成了。」

當時我因需要S姐姐幫我選衣服和化妝，已經告訴她了，S姐姐不屑地跟我說：「中國外交部才沒空去鬧場。」

我沒有像是某些台灣退休將領，跑去中國參加官方活動表態矮化宣示台灣主權，我只是受朋友請託陪同參與。後來我聽聞台灣C大的留學生，被中國朋友邀去參加中國國宴，也沒有其他台灣學生去責難他們。

到了台灣的大使館後，外交人員把學生分組，告知要幫忙的事項後，叫了披薩讓大家一起用餐。除了我以外的學生，大多是C大土耳其語系，好像在開C大的同學會，我感到被排除，難以與他們說上話。

往後許多的聚會都是這個樣子。我觀察他們說話，他們其實說不上真的很要好，只是剛好湊在這裡拉攀關係。他們秉持著他們的人設，比如說有個學姐每次來都哭枵（khàu-iau）宿舍多爛，自己多努力不拿父母錢生存；另一名學長攻讀語言學，隨時開啟課堂模式，開始做個人演講，期待聽眾諂媚地說你懂得真多；某位交換生老愛提起自己喜歡吃生菜，讓餐桌上有沙拉時都會cue她，看著每個人奮力別讓沉默湧出，心裡忍不住為他們的演出鼓掌。我被分到的人設是吃相良好與食量大，因為當其他人都停筷開始社交時，我總還在用餐，我真的只是來吃飯的。我認清再怎麼努力，都不可能聽到他們說出一句心裡話，他們想要的是有用的人際關係，我沒背景、沒關係，實在沒理由讓他們想認識我。

離開使館後，和基督教學姐一起坐公車離開，使館位於安卡拉地勢較高的高級地帶，一路都是斜坡，公車緩慢搖晃往下開，十月秋日最後一抹燥熱，悶在公車窄小的空間裡，車上無人聊天安靜無比的低氣壓，基督教學姐忽然語重心長地對我說：「妳很臭。」

感覺有條透明的絲，把我的意識和反應俐落地割開，身體僵硬麻木，喉嚨乾燥無法吞嚥。每當我感到羞恥時，黑人室友罵我時，被舍監找去關切時，時間放慢得一點都不真實，難以接受他們所說的，整個人已經被炸得精疲力盡，麻木得不會有感覺，卻還是能感到很難受。

基督教學姐繼續補充：「不是我說的，是某個台灣學姐，有天在路上看到妳，從妳身上聞到『土耳其人的味道』，妳自己衛生多注意點，我不能告訴妳哪個學姐說的，但是大家都是為妳好喔。」

土耳其人的味道是什麼意思？她是說土耳其人都很難聞嗎？到底是誰見到我了？我最近有見到了台灣人嗎？心裡有好多問題反湧上來，我穿的衣服明明都有洗過，每天都有洗澡，為什麼我還是發臭？

到了國宴那天，台灣舉辦的地點和中國國宴是一樣的飯店，不過是小了一半的宴會廳。看著在場的台灣學生，我忍不住猜想誰是「某個台灣學姐」，每個人都像是竊竊私語的抓耙仔。往後我在街上看到像是台灣人的面孔，都覺得像是一根針扎在那，我會刻意地遠離他們的視線。

台灣人是一個很小的圈子，一圈子的人，每個人都熟悉彼此的語言，多少知道彼此，一個看似緊密，但人跟人之間充滿了閒話的空隙。在這場飯局，聽著主辦人講某台商的壞話，在另場某台商當家的宴席上，某台商和藹可親，難以辨認聽到的耳語是真是假。鎖緊自己的嘴巴，假裝成一個什麼都不知道的單純學生。

噁心感不斷湧出，我還是做好自己的工作，在茶藝攤親切地對貴賓微笑，倒著一杯一杯茶水。忙完國宴後，我找不到任何一張有我的照片。參加了四年國宴，自己的照片寥寥可數，後來與另一位博士留學生L熟識後，她告訴我，我惹了大學姐不高興。大學姐在國宴負責拍照時，她都故意不拍討厭的人，或是把討厭的人拍得很醜。

我想起之前基督教學姐，曾帶我去待在土耳其最久的大學姐家拜訪，那時L學姐與大學姐一起租房子。大學姐家充滿許多公仔、轉蛋、可愛的娃娃，我便說：「妳家好多東西，好可愛喔。」大學姐聽到「很多東西」後非常不愉快，她以為我在嫌棄她家很多雜物，但我的重點是「她家有很多可愛的小東西」。L學姐說那天我走了後，大學姐念了很久。往後見到大學姐時，她對我說話總是很不客氣，比如說在國宴巧遇，我還在思考要不要打招呼時，她就先衝過來質問，妳怎麼沒打招呼。

後來在《蘇菲的抉擇》這部電影中，看到納粹對瞧不起的戰俘，第一句問候就是：「你很臭。」無色無形的氣味，連自己也聞不到的體味，是最佳羞辱人的用語，我理解到「嫌人臭」不過是欺負人罷了，從國宴節外生枝出的人事，排外的C大土語系，都沒有什麼好在意了。

國宴時，學長說要感謝使館邀請學生去國宴，他說一般國宴才沒學生的位子，我聽了既沒一臉榮幸也沒表達感謝，毫無反應地嗯了一聲。幫忙了幾年都沒領薪水，想著我只是來吃飯，似乎一切都還可以忍受。如果不是大家都困在土耳其，我這輩子大概不可能和他們吃上一頓飯。我只是來吃飯，其實是個藉口，我嘲笑他們總在同樣的社交話題繞不出去，但自己在土耳其除了他們，也找不到這麼一大群人和自己吃飯。

炸得一點都不剩

「意外事件什麼的我無所謂，恐怖攻擊才討厭，會把所有事都變得乏味。」
——艾加・凱磊〈歡迎光臨這個沒有新意的世界〉，收錄於《我絕非虛構的美好七年》

中華民國國宴提早慶祝結束不久，二〇一五年十月十日早上十點，在宿舍用完早餐不久，走回房間時聽到了幾聲巨響，宿舍對面是好幾棟的大型醫院，緊接著救護車的鳴笛壓過一切聲音，不停響了好幾天，從宿舍開車六分鐘遠的火車站接連發生了兩起爆炸。土耳其死傷最慘的恐怖攻擊，造成了一〇三人死亡，五百多人受傷。

舍監平時中氣十足在廣播中大吼，此時聲音忽然小得如自語呢喃，每個小時重複說著：「Öğrenciler dikkat et.」（學生們請保持警惕。）警衛守在門口，防止學生外出。即使我們再小心警惕，還是不能為自己的命作主，自欺欺人的廣播不斷重複著。

爆炸後新聞報導寫火車站原本舉行著支持庫德族人的和平集會，隨後兩名自殺炸彈客引爆身上的炸彈，爆炸目擊者說，讓人來人往的火車站立刻布滿煙霧，地板焦黑了，所有的窗戶碎裂四射，爆炸聲響中混合人們的尖叫和哭喊。

沒有任何組織承認犯案，土耳其政府認為IS[15]是主嫌，庫德族人士反指控政府警政操控，藉此圖謀政治利益。

無論如何，許多人死掉了。

難以理解人在莫名其妙的閃光和紅色火焰中，就變成死掉的身體這件事。他們不完整也不會動的身體上，披上了HDP[16]的黨旗。過世的亡者是被土耳其政府壓迫的庫德族人，若給他們裹上土耳其的紅色新月國旗是侮辱——像是替台獨者的遺體裹上中華民國國旗。地上還有許多不知原是何物的黑色碳化渣漬，或許那也曾是某個人的一部分。

土耳其共和國至一九二三年建國，這九十二年來發生數次恐怖攻擊，但這是首次發生在首都安卡拉，對土耳其的軍警是莫大挑釁。有言論指出，恐怖組織選擇在市中心犯案的目的，是想傳達一個訊息給全國的土耳其人，那就是：「我們就在你們之中。」

不能分辨誰是恐怖分子，任何人任何時間都有危險，恐懼在人群中蔓延，應該令人毛骨聳然的警告，我卻只像知道「一件普通的事」那樣平靜。準備搭上火車與下車的旅人，前往和平集會的人們，他們有目的地聚集在那，而我既沒有任何目的，也沒有任何重要的人，我顯得非常輕盈，輕得一不小心就可以脫離肉體飄上去。我真希望可以呼喚某個人的名字，真切地感覺自己活下來真好，但我什麼感覺也沒有，只是活下來而已。

南非黑人室友，用力握著手機，打電話給她的家人和男友，她厚實的膚色嘴唇不斷張合，好似一隻被拖出水面大聲求救的魚。她怕死得想大哭，但她卻止不住地大笑，像是哭聲般洪亮悽慘的笑聲，在小小的寢室裡不斷迴盪，一邊伴隨著她的吼叫，她說了好多戲謔殘忍的黑色笑話，但全都失敗了，因為她真的感覺很慘，她怕待會她就要被炸死了，這讓每個笑話都不好笑了。

我難以忍受她的笑聲，闔上門獨留她在寢室崩潰，走到交誼廳，那裡有一大片落地窗，可以看到遼闊的景色，秋日宜人的金色陽光灑在地毯上，如果沒有爆炸的話，我會外出享受這半年最後溫暖宜人的天氣。爆炸之後，不時聽聞這個週末、明天會爆炸的小道消息，當中有些成真，有些沒有，走到人比較多的地方，不斷湧起會跟這群陌生人一起被炸死的預感。

爆炸後安卡拉人不敢外出，許多的演唱會、公共活動都取消，隨之而來的二〇一六年，

15 伊斯蘭國。

16 人民民主黨：親庫德族的左翼政黨。

第一個開春是一月十二日伊斯坦堡藍色清真寺爆炸案，十四個外國旅客去世，IS犯案。二月十七日安卡拉市區發生軍車遇襲事件，二十八人喪生，庫德自由之鷹宣稱犯案。

那時，我覺得整個土耳其，不管是東部小城，還是熱鬧的伊斯坦堡，政治首都安卡拉，愛琴海邊的重點觀光城市，都變成了踩地雷遊戲，而且毫無邏輯，像是俄羅斯輪盤一樣。在這個國家的每個人都被迫參與這場遊戲，腦袋旁被死神放上槍口按下扳機，隨機轉動直到新的一輪爆炸，再次有人死去。

我麻木地看著扳機按下，出門時再來一次爆炸輪轉，是幾分之幾的機會呢？

街上變得冷清，熱鬧的市區變成人人迴避的地點，爆炸過後好幾年，許多朋友還是恐懼到市區，到火車站，到任何充滿人的地方。我過得輕鬆自在，毫無畏懼，即使又聽到了爆炸預言，依舊不會改動我出門的興致。與其在宿舍裡跟恐死的室友相處，倒不如外出呼吸新鮮空氣，活在當下。

三月，天氣逐漸回暖，十日時與S姐姐到番紅花城春遊。現在回溯所有的爆炸日期，會發現爆炸都發生在月中，我和S姐姐選了錯誤的時間出門。

當時，我們開開心心地從番紅花城的古城美景離開，飽覽了春日櫻桃樹綻放的粉色花朵，買了番紅花城的軟糖。番紅花城的軟糖是全土耳其最知名、最美味的，反而聽說番紅花城裡賣的番紅花大多品質不良、價格高昂。返回安卡拉時是十三日傍晚，於市區的維族餐廳吃了晚飯，漫步到市中心Güvenpark對面等公車，這條街兩側都布滿了十多個公車站，是安卡拉運輸的心臟，許多人在此上車轉車下車，安卡拉最熱鬧的市中心。沒有等多久，順利地搭上公車，不早不慢剛好的時間駛離市中心。

公車一向因為市區塞車開得很慢，這一天又特別慢，直接停在路上動彈不得。夜晚的公車連走道都站滿了人，沒有任何爆炸聲提示，相反地安靜地反常，忽然之間每個人都拿出了手機，螢幕的光照亮了他們恐慌的臉，沒有人公開說發生了什麼事，但氣氛變得非常凝重，我感覺不太對勁。公車快開到宿舍時，看到對向車道急速奔馳好幾輛白色救護車，往市區中心開去。

穿越宿舍前的公園，白色的櫻桃樹花瓣在夜裡搖曳飄落，小販還是在一樣的位子販賣烤栗子，宿舍附近Dışkapı區的男人依然是往常的痞樣，比番紅花城還溫暖些的安卡拉，除了救護車源源不止的鳴笛聲，這是一個平常的夜，我努力抓著讓我感覺日常的元素，安撫自己。

回到宿舍跟舍監簽到時，她緊鎖著眉頭，辦公室裡聚集所有的舍監，她們都在講電話聯繫他人，剛好有人進來問爆炸的地點，舍監說是Güvenpark時我簡直嚇壞了，我剛剛還在Güvenpark的對面等公車，如果我晚點離開餐廳，就會看到可怕的爆炸場面，不敢想像那是怎樣的光景，我膽小地不敢看任何爆炸的新聞畫面，深怕再也忘不掉。

回到寢室，清真寺的喚拜伴隨著救護車的尖銳鳴笛，兩者合一，像人們的痛苦慘叫。十八時三十五分時，一輛載滿炸藥的汽車直接撞上一輛巴士後爆炸，造成三十人當場死亡，最終導致三十七人過世，他們死在市民每天都會路過搭乘的公車站。打開手機讀了幾則推文，就不想再查了，又是一樣的爆炸，一樣的死亡。室友又開始用淒厲的大笑掩飾恐慌，她愛惜生命，她有那麼多重要的人，等著她活著回去。

我走進房間放下行李，我知道她根本不需要我的安慰，我泡了茶，打開番紅花城買的土式軟糖，拿了筆電走到交誼廳前的沙發上坐下，看落地窗外的夜景，橘紅色路燈照亮了城市，今夜像是整座城都陷入火海，即將毀滅殆盡的氛圍。

我把來土這半年的恐攻經驗寫成信寄給Z，當時我的心意無從寄託，只能寄信給上一個對自己有過好感的人，寫信時隱隱感到這是作踐自己，離台後他從未給我任何慰問，現在我明白他的行為的意思是，他根本不在意自己的死活，他根本不在意我這個已經上到的洞。

不時聽到走廊上的電話聲和哭泣聲，每個人都在報平安，訴說心中的恐懼，聽筒的另一邊有人收納她們的害怕。那些講電話的住宿生，總讓我想到《盛夏光年》和《那些年我們一起追的女孩》，在九二一停電的夜裡，打電話給彼此互相報平安的畫面。可是我沒有重要的人，也沒有可以傾訴的對象，我不知道該打給誰，誰願意接起我的電話。

每次爆炸發生時我都想到〈傾城之戀〉，陷入戰事淪陷的香港，爆炸與槍聲，停水斷電，失能的城市，生存的不安感忽然間增強得像沒有明天，猶豫的雲霧瞬間消散，未表的心意快要來不及傳達。

而我無話可說，只能一個人享受著土式軟糖和熱茶。

軟糖上沾著白雪般輕柔的椰粉，咬下柔軟的軟糖，沒有人比軟糖還待我溫柔，濃郁的奶味盈滿我的舌尖，確實是全土耳其最好吃的軟糖。滿嘴的甜蜜，喉中卻湧上欲哭的酸苦。我吃下軟糖，軟糖和晚餐填滿我的胃，我還是感覺空得什麼都不剩。

只有腳踝的女人們

我的衣櫃不再是令我愉悅的藏寶箱，在花開綻放的年紀，我已經對外表感到無所謂了。長裙和蓋到腳踝的外套掛在衣架上，活像一個被折成兩段的人形。

同是台灣人的學姐說：「別看我在這裡穿得很保守，我會在土耳其買短褲帶回台灣穿。」那時我已經知道衣服有分兩種，一種是可以在土耳其穿的，一種是只能在台灣穿的。打開衣櫃拿出要穿的衣服，打扮已經對我而言是不重要的事了。

我看向鏡子，認為自己長得很醜。應該說在這世界，女人很難對自己外表感到滿意，永遠有人嫌妳皮膚太黑、太肥、太矮、腿太粗、屁股太大、胸部太小、下巴不夠尖、鼻子不夠挺、眼睛不夠大，永遠有更美的外貌要妳看齊。如果我不夠美，那至少要保證我很安全，我以前是這樣安慰自己的。

鏡子裡的我只剩下一雙腳踝。

我只看到一雙雙腳踝行走在街上。在太陽的熱曬下，黃色的陽光毒辣辣地蓋在身上，汗讓衣服和肌膚緊密黏住，腦漿燒得沸騰昏沉，感覺自己從裡到外地乾燥，苦鹹的味道從喉嚨深處蔓延至舌根，像是整個口腔都被淚水醃漬，但我面無表情，不能有任何表情，不能有任何破綻，不能有一絲軟弱，不能有任何讓人趁虛而入的空隙，把自己裹得嚴嚴實實，一點風也吹不進。

「You are so hot.」

帶著腔調怪模怪樣的英語，特別說給我這個外國人聽，深怕我聽不懂。

你以為這是對女人的讚美嗎？當這句話從陌生的路人，從穿著西裝一臉正經的上班族，從銀行門口前有槍的警衛，從街頭上的少年口中說出，每個人都過度熱情地盯著我這個來自遠東的亞洲女人，你知道錯在哪裡嗎？絕對不是天氣太炎熱，絕對不是男人們的錯，絕對都不是其他人的錯，錯在我身為女人卻一個人出門，錯在我穿了自己想穿的衣服，錯在我露出來的大腿。

我行走在路上，天光還亮著，人來人往的街道，應該是安全的時間。藥店街棋盤的街道上是一間又一間的小店，傳統的藥草店門面掛滿一排一排曬乾的紅椒和黑色的茄子乾，隨風搖曳，傳來清脆的聲響，要如此乾燥萎縮，像一張皺起來的臉，才不會引起人的注視。

我輕聲走在石板人行道上，不想引起任何關注。掛在商店門面上的是驅邪的惡魔眼睛，在藍色玻璃眼的映照中，我看見一隻行走在街上的藍鵲。牠異於住在安那多魯[17]高原狼的後代們，所以他們把眼球黏在我身上。

有個人擋在我的下一步。

「Saat kaç?」（現在幾點了？）

太陽還烈著，未沉入地平線，這應該是安全的時間，我重複對自己說，讓自己不要害怕。他笑得好燦爛，深邃的駱駝眼睛，老鷹的鼻子，表示自己是成人、是穆斯林的落腮鬍，一般土耳其人的長相。他穿著檸檬黃和褐色格子西裝外套，白色的襯衫，卡其色的褲子，抹油發亮的皮鞋。任何生物穿上衣服都是人模人樣。

17 安那多魯，土耳其語是Anadolu，常見譯稱為安納托力亞，又名小亞細亞，指稱土耳其國土亞洲部分，現在土耳其國土掌控全部的安那多魯。

雖然在人人都有手機的時代，問時間是個非常奇怪的問題，我還是急忙掏出手機，以為趕快回答就可以快點結束對話。

如有人問問題，我就要回答，這是我所知道的禮貌，我的故鄉是遙遠太平洋上善良和愛心氾濫的島，我以前習慣的應對，如今在地中海上的大陸變成別種意思。

「Saat üç.」（下午三點。）

接下來他就跟上來了，即使我遺失了對話，遺失了敘事，都不能改變他跟上來了這個事實。他像是我認識的朋友似地開始陪我逛起一間又一間藥局，他開始幫我找藥，幫我問價，順便在空檔中問起我是哪裡人，我的名字，我在土耳其做什麼。我回答了，我可能說了謊，禮貌害了我，善良害了我。異樣感是從潮濕中爬出來的大蜈蚣，多關節的身體和細長的腳在我露出的肌膚上攀爬，每一個回答都讓我想到每次我回答陌生人問句的記憶，因為我回答了所以他爬上來了。每走進一間藥局，我都在想要怎麼甩開這個陌生人，到了街道的尾巴，藥局不見了，我什麼也沒買，我沒找到我要的藥，我忘記我要買的藥。

他又問了一個問句要我回答。

我決定咬緊嘴唇變成永遠的啞巴，在曬滿陽光明亮的街道上奔跑，擺在商店門口的惡魔眼睛全都看在眼裡，卻沒有為我避掉災厄。街上還那麼多人，太陽還未沉入地平線，明明是安全的時間，我卻在街上逃跑起來，心臟劇烈地鼓動，害怕的感覺是像地震一樣從中心開始震盪全身搖晃不止。我跑到疲憊，跑到垂頭喪氣，跑進了自己的衣櫃，黑暗讓我沒有形體，我想起我要買的藥了，是讓自己消失的藥。

在白日和黑夜裡都沒有安全的時間。

當我行走在街上又被陌生人騷擾搭訕後，我第一個檢查的是自己的穿著，今天的衣服有沒有把自己遮好，除了把錯怪在沒防備好的自己外還能怪誰？其實我明白我只是在做白費力氣的防備，拋頭露面行走在街上永遠是不安全的。我應該穿阿拉伯女人的布卡黑袍，把頭髮藏起來，把嘴巴封住，讓腳踝也蓋在袍子之下隱形，雙手戴上同樣顏色的手套如一抹影子，讓阿拉的神聖和保護籠罩在我身上。

我該做的是把自己關在衣櫃裡，在衣櫃的黑暗裡就沒有土耳其人和外國人的差別了，若要走出安全的衣櫃，我就要遵守安全規定，向所有的土耳其女孩看齊。她們穿什麼，我穿什麼；她們成群結隊，我也要找個人陪。最好那個人是我男朋友，我應該讓自己屬於一個土耳其大男人，這樣其他人就不會來騷擾我了，因為這樣我就是一個別人擁有的東西了。

我原本對留學的期望全部落空了。我怪自己為何離開台灣，來到一個更落後更沒人權的地方來當一個外國人。我只能遵守安全規定，在學校和宿舍兩點中一人行走，沒有約會沒有必要絕不出門，出門後我再也不回答任何陌生人問題。

當我改變穿著後，騷擾我的男人趨近零。

我不再痟想享受一個人走在街上漫步的悠閒感，我不再一個人去美術館看畫沉浸於孤獨的美感。我把惡魔的藍眼睛掛在身上願避開所有災厄，我要看盡一切的藍眼睛替我作證，我已經遵守規則變成安全的乖女孩了。

我不想一個人出門，但我還是得去上課，我得走出衣櫃走出門。我穿短袖上衣覆上薄外套遮住太陽掩蓋肌膚，我穿黑色長裙，只露出一雙腳踝在街上行走。我覺得自己好像沒有本體的影子，把自己包得沒有形體最安全。那天下課後，我有事要跟教授討論，我決定做個啞巴，但還是得說話。我盡量安靜少言，把重點傳達完後，我就再也不想開口了。慈愛如父的教授大為不悅，他跟一般土耳其人一樣喜歡閒話家常。他坐在莊嚴的橡木桌子後，後方有一大櫃一大櫃莊嚴的大部頭精裝書和知識。而在寬大宏偉辦公桌前的我，身後只有一面空白的牆，更慘的是我還失去了說話的舌頭，為了安全我把舌頭嚼爛吞進去了。教授他用著浸滿土耳其文墨汁的舌頭對我訓話，他說我能讀懂土耳其文古詩的韻律，卻不說話，不跟土耳其人接觸。他要我看看窗外，看看街道，街道上行人人來人往，市集繁華熱鬧小販叫賣，他要我面向人群。他問我難道不上街買東西嗎？小販商人如此多話，只要走進市集，就有人會跟我說話。語言得從街上學，他說土耳其人是很熱情的，每個人都對外國人充滿好奇。

我想就是這過度的熱情讓我怕，我無法回答教授，我怕我一回答就要頂撞教授，我無言地接受所有指責。

教授，你不知道當街在街上被人大喊外國人的感覺，你不知道要是我回答陌生人的話語，我就會被陌生人跟上，如果我不回答，也可能被跟蹤幾條街，我得逃到陌生人視線之外的衣櫃才能獲得安全。

如父般慈愛的教授，你不會明白一個來自遠東的外國女人是怎麼在街上行走。教授你有沒有看過動作片？就是由日本女人和男人主演的那種，影片裡裸露開放的女人們跟我有相似的外觀。對土耳其人而言，亞洲女人細長的雙眼如女人胯下那若隱若現的縫，隨時張開著誘惑人。土耳其女人把自己包得嚴實，只露出一雙腳踝，她們大多遵守著不婚前性行為的戒律。土耳其男人都知道自己國家的女人是非常珍惜著自己的處女膜，他們便把慾望指向遠東女人，不過這也只是他們對自己行為的藉口罷了，事實是，他們將慾望指向街上隨便一個他們喜歡的女人。我知道我的存在對那些搭訕我的人而言就是個洞。有些土耳其男人也愚蠢地以為所有的遠東女人都非常隨便，如有些台灣人愚蠢地以為所有的外國人都說英語。

在土耳其，女人的貞節是以裙子的長度來衡量，如果女人把大腿露出來，就是在引誘男人。然而，就算我穿著長長的裙子，擠上擁擠的公車，用淚水把舌頭醃漬起來，不再回答任何人問題，還是被趁機摸了屁股。慶幸一下子就到我要下車的地方了，下車後我感覺不到特別地難過，我好像漸漸習慣了發生在我身上的事。我告訴我的土耳其女性朋友說我在街上被騷擾了很多次，她們立刻打開自己的皮包拿出防狼噴霧，建議我也買一隻，要我咒罵他們，要我堅強起來，我只感到非常恐怖。

我想到被殺的土耳其二十歲女大學生Özgecan Aslan，她在晚上獨自搭上一台小巴士回家，那晚她就失蹤了。當晚巴士司機試圖強姦她，但Aslan不從，拿出辣椒水噴司機，司機被激怒拿出刀子捅了Aslan好幾次，還拿出鐵棒猛打她，之後找了三位同夥一起把Aslan屍體燒了，他們打算毀屍滅跡。並且還把Aslan的手剁掉，因為Aslan在抵抗時抓傷了歹徒的臉，歹徒怕她的手會留下DNA辨識痕跡。

Özgecan Aslan，她的名字Özge的意思是他者、外國的、珍貴的，加入can有生命的意思，姓氏是獅子，來自異國的珍貴獅子慘死在人類男人手下，她的死引爆土耳其女性對長期以來性別暴力的抗議聲浪，有些男人也不落其後，為了聲援Aslan，為了所有女人，他們也穿上迷你裙，如果迷你裙要為一切負責，如果迷你裙代表不道德、不貞潔，如果女性穿上迷你裙，即代表發出（強姦）邀請，我們都發出這樣的邀請。

他們走上街頭。

我也走上街頭，只是我選擇加入只有腳踝的女人們，如果出事了，至少我的穿著可以讓我被原諒，就算所有性別暴力的原因都無關穿著。我只想讓自己受最小的傷害，我想保護好我自己，我清楚知道穿著不會使我安全，或許身為一個女人從不安全。

說話和呻吟都是一樣的失語

基督教學姐邀我參加感恩節晚會，她說會附晚餐，我想拒絕，但找不到一個合適的理由。

她跟我約在太陽下山後的舊城區，舊城區山上是貧民窟，山下是紅燈區，街上都是小混混樣的男人，看不到一個女人。前往和學姐見面地點的路上，我小心翼翼地避開成群結隊的男人們，別跟他們對上眼，每個人都在看我，我無望地想逃不掉了，有個男人直直朝著我的方向走來，我努力往馬路方向撤，都快被車撞到，他還是不斷逼近我，然後在我耳朵邊親了一下，發出響亮的一聲「波」。他沒碰我，只是聲音。

我裝作沒事般地加快腳步往前走。不是侮辱也不是噁心，而是深深地對自己感到生氣，我根本沒辦法保護自己，我只能把自己鎖在宿舍裡。即使我大叫也不會有人幫我吧，那一瞬間的事。好幾次跟土耳其人說在土耳其發生的壞事和惡意，他們通常會努力撇清，不斷強調土耳其是最好、最善良的國度，他們愛及顏面，即使他們清楚事實如何也會極力否認，他們寧可虛假誇大也要當自己是世界第一，而台灣的謙虛是不把話說滿，反倒讓土耳其人看不起。

學姐跟我約在小巴士總站，許多小巴士前往不同的地方，基督教學姐沒跟我說在哪裡等她，我比她先到，打電話跟她說我在büfe[18]。她連說了好幾次聽不懂，直到最後聽懂時，她嫌棄地說：「妳的發音落後太多了。」

她每次說的話，都讓我陷入被羞辱的恍惚中，我又感覺自己被撕成一塊塊。

當時學了一個月土語的我，並不想跟已經在台灣學了四年土語，從土語系畢業的C大生們比較，我不找任何藉口，我承認自己毫無語言天分。有些人聽一遍就可以複製正確的聲音，而我總是聽不到。所謂的天分就是一拋出來便優秀發光，沒天分的人再怎麼努力，頂多改善到勉強通過。

土語程度只夠到維持生活，我學會很功能性的土語，足以應付我生活大小事，獲得語言學校的畢業證書，拿到大學課程的學分，繼續領取獎學金付生活費。

一旦用土耳其文跟土耳其人對話，很常被質問來幾年了，土耳其文怎麼還這麼差，講得很慢，用詞不夠正確，我講的土語口音太重他們聽不懂（但神奇的是他們一再聽懂我說的，繼續針對我的土語不好發表意見）。如果我轉用英語跟他們對答，他們通常不會外語或是羞於開口說外語，緊張地說不出半句話，要我非得說土語。

他們為了加強自己的立場，他們會直接問我是不是沒（土耳其人）朋友，沒有人想跟我說話所以土耳其文才這麼差。他們戳到了我的痛處，我確實沒幾個土耳其人朋友，因為大部分人都嫌棄我的語言能力，實在難以變成友好的關係，我感覺自己是外國人這點就讓他們不想跟我當朋友，只想拿我做笑話。

我的口說一直都很差，我只要聽別人挑剔我的不是就夠了，我根本不需要回話。我想反駁，但我說出的每句話都被當作沒聽到，像是從未說過，沒辦法說的啞巴，失語的外國人。

我身邊的人就像是基督教學姐一樣，常對我說些讓我難以回答的話。我沒幾位要好的土耳其人朋友，大部分的人都對我滿不在乎，在意的都把我當成外國人奇行種。土耳其人已預先認為自己是世上最優秀的民族、文化、美食，跟他們不一樣就是不好，我長得跟他們不一樣，我過的節日跟他們不一樣，我吃的也跟他們不一樣，每當讓土耳其人知道我的每一個不一樣之處，他們都用非常鄙視的眼光看我。他們總覺得我吃蟲吃蛇，遵循著偽神的教義，我走在路上不時被土耳其人挑釁騷擾吃豆腐，我保護自己都來不及了，更何況敞開心胸去愛土

18 土耳其的小雜貨店。

耳其人？

我無法融入土耳其的社會，我沒有土耳其語的舌頭。

坐了半小時的車到達教會，教會並不是想像中傳統彩色玻璃歌德建築，而是辦公大樓旁的半圓透明溫室，俐落簡約的白色空間。參加晚會的信徒有一半是韓國人，另一半是歐洲人和美國人，一進到教堂就能聞到韓國泡菜的香味，美味餐點用保鮮膜封上等待被享用，再忍耐一下今天所有的不快將會結束。

隨後韓國牧師開始用土語講道，我聽不太懂牧師說的，外界的聲音傳不進來，我陷入自己中，湧出來的是深深的傷心，在傷心之中，我找不到呼吸的方法，我愣愣地接下所有人的言語，他們說的話、他們的注視，都讓我的身體好沉重，我好想對誰說：「請擁抱我，請讓我不用再被撕碎。」

困在聽不懂的講道中，我既焦慮又無法逃脫，來土耳其讀書這件事，像是一個大坑，遇到的挫折和欺負像是一層層的土把我掩埋，我無力反抗土耳其的大環境與身邊的人事物。

我不能再這樣過下去，我一定得做出改變。

語言上的閹割，讓我很痛苦，土語封印我的舌頭，我不再能那樣率性地使用我的舌頭。因為母語才能這樣自信地讓舌頭錯置交疊，我不敢自信地說話，我發出的每個音都有語法錯誤如影隨形。我尋找在異地的優勢性，最大的優勢也只有我東方臉孔的皮囊和十九歲的身體。恐攻的消息氾濫到令人麻木，每個週末總有新的死亡名單，我沒有可以述說的人，如果說給家人朋友聽只是徒增他們的擔心，他們無法安慰收納我的心，我只能一個人吃著軟糖和紅茶，看城市陷入慌亂，已經炸爛的心，心之後剩下的身體，炸爛之前還完好的身體。

「十幾歲的少年，怎樣都是美麗的。」如果沒人要我的心，青春年華的美麗總有人渴望吧？我深深地渴望與對愛絕望，不管是誰都好，請讓我感受一點溫度，讓我感覺一點滋潤。

牧師講道結束時，學姐就說宿舍八點半門禁時間要到了，我空著肚子眼睜睜目送我的晚餐。比起對基督教學姐的不滿，更多的是新決定產生的活力。我在內心發誓，我再也不要跟基督教學姐見面，別再忍受她的傳教，不能被動地再讓他人使我難堪。

我下載了交友軟體，平時土男欺壓我，換我挑剔他們了。

約炮，其實是一件很麻煩的事，只是比起與人相愛簡單多罷了。

首先我必須建立帳號，想一個外國風味的假名，我選擇蘇偉貞《沉默之島》的霍晨勉，成為會跟碰到的每一個男人做愛的女人。霍晨勉的冰冷恰到剛好符合我當時的自暴自棄。再來是上傳六張照片，外國人圈子太小怕被認出來，把個人照截掉臉，連身鏡前拍了自己的全身照，再各自拍了鎖骨和雙手，這兩個我全身最有自信的部分。拍照時好像把自己送進屠宰場裡，揀選出有價值的部分砍下來沿街賣掉，最大的賣點唯有是個女人這點。自介用英文直白地寫，只想要性，厭惡聊天多言。不准在我的身體留下傷痕，一定要戴套，不接受約家裡，只願意旅館見面。

如果我是個男的，同樣的帳號內容，我應該一輩子都約不到吧。我利用女性身分，可以隱身在被動裡，男方付帳接送訂房間都是理所當然的事，我是女的願意讓你碰已經不錯了，我可以直接說厭倦溝通，對方主動討好讚美我，我隨便聽聽。

若我要性，根本隨手可得，而且還有一排人讓我選。

很快便有很多的私訊，一個禮拜內我挑好了人選，對男性沒有特殊喜好，選擇對方的原因，是他直接跟我約好時間、訂旅館、見面地點，有效率並有強烈的見面意願。

我坐上了對方的車，我已經做好發生任何意外的準備，或許我會被綁架賣掉、謀殺，即使如此我還是想跟陌生人睡。對方長得毫無特殊之處，褐色的頭髮，落腮鬍，鷹勾鼻，一般土耳其人的矮小身高，讓人不太有壓迫感的中等體型。

前往旅館的路上，對方認真開車，完全沒有摸我或說奇怪的話，簡直比路人還友善。我早說過不喜歡聊天，任著沉默安靜。我看車子遠離市區，越開越郊外，高大的公寓大樓矗立在黃土荒原上，看起來挺突兀孤獨。我內心有點害怕，車子到底會開往哪？

他先開到超市買食物，怕待會肚子餓，他買了幾瓶啤酒和巧克力，我跟他之間還是一種尷尬，真難想像待會要跟他發生性行為。車子繼續開到一棟十多層的大樓，毫無生氣簡直像是巨大的模型，安靜得近乎死寂。一點聊天的嬉鬧，煮菜的火聲，洗澡的水聲，洗衣機的翻轉，吹風機的轟隆，任何一點的生活氣息都沒有，難以想像裡頭住著活人。搭了電梯進去上樓後，有個約國中左右的男生等著我們，他領我們走過漫長的走廊直到預定的房間，第三個人的存在讓我感到羞恥，他會不會揣測我和對方的關係，還是男女來到旅館，很明顯就是來做這檔事呢？

打開房間後，傳來久無人來過的潮濕味，地板上鋪滿了幾何圖案鮮豔的地毯，巨大的白色雙人床之外還有小客廳和沙發、茶几。我們兩個站著，還是感到很冷淡，我腦裡不斷閃過性愛的場面，期待、興奮和不知所措三者合一的結果是呆然，還好女人這個角色可以什麼都不做。

他打開了玻璃罐裝的啤酒與我乾杯，我淺抿了一口，他神情嚴肅地灌入一大口，好像在準備一件大事。然後他趁著酒意之下，終於有勇氣親吻我了。

我和他都褪去了衣服，他的裸體全身都布滿了金褐色的毛，意料之外地很柔軟，磨蹭到肌膚時很舒服，兩個人之間比較進入性的狀態。他興奮地硬壓著我的頭替他口交，我跪在床上，強烈的嘔吐感湧出來，若是我想抬起頭，他會再把我的頭壓回去頂著我的喉嚨，口水不斷地流出，他的陰莖不斷地在我嘴中進出。他撩起我的頭髮，想看清楚我的表情，動作很粗暴，無法制止地泛淚。同時他把手指放入我的下體，強烈地抽動著。

我很安靜地承受他的作為，其實我連呻吟也叫不出來，舌頭和喉嚨都被他的性器占滿，頂多發出口沫磨蹭陰莖的水聲，或是陰莖插入我的喉嚨太深引發的乾嘔。

我的性幻想中常想著這樣的場景，洞都被塞滿。最後射出來時我全部喝下了，這是繼H君之後的第二個人，我忽然理解他待我很溫柔，H君即使把我綁起來，他都以不傷害我的前提下行動，從來不會粗暴地把我弄出血，或是硬要我吞下他的陰莖。而現在做的對象，根本不在乎我的感受，我純粹的只是洩慾的洞，承接他的體液，他作為背後的意圖，他性行為時的命令句中，冷漠和肉體的痛苦中，卻把許久沒有感覺的我，為了承受他給的痛苦，而一塊塊再拼回去。

喝下後我立刻抓起手邊的毛巾，把口水和淚痕擦掉，快速整理好自己後回望他，還能感受到下眼瞼的淚未乾，雙眼濕潤著。

他問我：「感覺怎麼樣？」

「非常苦澀。」

「妳做過後更美麗了。」

我不知道聽到這句話，我該有怎樣的情緒。

兩人都裸體且做過的狀況下，氣氛變得比較輕鬆，他要我趴在他身上，讓他方便捏我的屁股，好像很喜歡的樣子，一邊道出他有女友。

最後他問：「我們下禮拜還能見面嗎？」

我笑而不語，我想換人，我不想做愛的方式固定下來。並且我不想捲入他和女友的關係。

「唉呀，妳真是個說謊者，再說吧。」

我心想明明我一個謊都沒說，我誠實展現自己的慾望，沒有傷害到任何人的慾望。我回到宿舍，坐在書桌前無法專心，價值觀又重新碎裂一遍。相信愛這件事，要抱著即使對方做出任何事，但仍然無所動搖的包容繼續愛著，才能成立嗎？跟有妻子的男人，有女友的男人做過後，我還能跟別人談戀愛，相信對方會忠誠於我嗎？

身體只是被暫時填滿，一下就洩氣，空虛得不得了，手機裡還有一堆未回的私訊，其中包括詢問價碼的訊息，讀到時我慌恐地想，如果我是個有價碼的人，會比以為留學就能被前男友認可，卻學不好當地語言，也沒辦法和當地人互動，比留學失敗的我還有價值嗎？

幾天後月經來了，回絕所有邀約，最終還是在週末答應跟人見面，因為對方的語氣看起來很可憐，讓我不忍心拒絕。月經來我身體非常昏沉，我故意遲到，完全不想動。他見到我時一點都沒表現出生氣的樣子，我想他應該很準時地站在街口整整等了一個小時，他的身高細長高挑，像是農田的稻草人似的委靡。他快速把我帶到房間，我事前已說過月經來沒辦法做，他說只要抱著就好。那是一個充滿熱帶度假風情的房間，貝殼的吊飾，峇里島風貓咪木雕，窗戶邊的木藤搖椅，鋪上豔麗色彩的布，充滿著活潑的氣氛，我和連名字都搞不清楚的男人躺在床上，任午後的金色陽光曬著，我不喜歡和人眼睛對視，所以我側身躺著看著陽光，一邊留意衣物摩擦的聲音，他從我的背後用力抱著我，我感覺肚子很沉重潮濕，與其說是人類雙方的性，更不如說我像是性愛娃娃，被人拿來磨蹭感覺非常詭異。

整個過程都很安靜，他沒挑弄我的身體，並沒有任何難耐的呻吟脫口而出，他只是把我當作一種洩慾的工具。光的顏色逐漸暗下去，便到了退房的時間。我感覺活力被身後的男人吸走，我覺得他好寂寞，寧可和我無言相抱一下午，也想感受另一個人的體溫。

即使被人抱了，但卻還是像土耳其軟糖一樣，咬下糖的柔軟，之後只剩甜味徒留在口腔。性慾的渴望稍微被平息後，我受夠了便刪除了交友軟體。希望不要再有載回來的時候，我厭惡約炮時自棄的自己，誰都可以上的自己。

我真正想要的是跟人好好地說話，不是為了背景、利益、套情報，或是土耳其人想嘲笑我是外國人進行的「文化交流」，我只是想跟另個人類，不在乎規定與眼光，說出真正想說的話罷了，達到性與愛的同步，那才是我想要的性，不是因為餓壞了才被逼急全都接收。但土耳其的環境，我身邊的人，都迫切地想要我閉嘴，我感覺被整個社會排擠，所有的人都該一樣。我不能發出一點聲音，我該為我的不一樣，我的過去感到恥辱，用納粹的說法，像我這種存在應該被消滅。

之後我的手機偶爾會有陌生男人打來或是收到簡訊，問我是霍晨勉嗎，聽到時我嚇得不敢回話，立刻按掉電話，這是約炮電話外流的後遺症。我立刻換了手機號碼，才終結陌生男人的來電。

約炮後我發現說話和呻吟，都是一樣的失語，我終究害怕發出任何一點聲音。

災後天明

六月尾，夏日的臉明朗展開，似乎平靜了一陣子沒有恐攻的消息，春冬那種落雪的沉重烏雲全都散去，是完整的一片藍，那是台灣難以想像的天色。陽光像是金黃色糖漿一樣傾倒在每個人的臉上，每個人都被糖漿固定成幸福洋溢的臉。我剛結束語言學校的跳級考，穿著白色的長裙洋裝站在熙攘的人群中，等待公車。如果通過考試我就能提早放暑假，幻想得有些飄然。手機群組馬上傳來考試結果，一下子就把我不實際的幻想都給拂消了。我沒有考上，但中國人S姐姐考上了。我恭喜她，其實心裡非常地低落，但所有人只在乎值得報喜的事情上。

我必須繼續讀語言學校到八月。學校課程非常枯燥且毫無進展，我每天帶課本到學校，早上時每個同學輪流報作業本答案，然後老師叫大家輪流念課文，下午時老師要大家寫習題或寫作文到下午三點。

課程無教育性之外，班上同學十分保守，大多是阿拉伯國家與非洲來的男性，教室沿著牆壁排了ㄩ字形的桌椅，每個男同學都大腿張到極限開，我則只能把腿死命縮不讓別人碰自己。唯二兩個女性是我與另一個包頭巾的伊拉克人。男同學看在她包頭巾便謹守男女有別，不會特別跟她互動，但對我說話十分不客氣。他們曾直接問我：「妳以後會不會結婚？」我說：「不一定。」他們說：「這樣很違反宗教價值，很不恰當。一個女生沒有定下來，在國外留學很令人擔心。」我後來聽聞一個塔吉克斯坦的女性朋友說，她是父親恩准留學，她特別乖讓父親很安心，她每天絕對天黑前趕回宿舍絕不在外逗留，而且她已經跟父親朋友的兒子訂婚了。我才理解班上男同學的價值觀中，女人就是應該要這樣。

與同學談不來就算了，更令我心煩的是，班上男同學趁午休我外出吃飯時，在我的椅子黏上擠了好幾坨透明黏著劑，我不注意坐上去，立刻覺得不妙，黏在皮膚也沾上了長裙，我起身時把皮膚跟椅子分離，像是扒了一層皮那麼痛，在廁所想撕掉沾在皮上的東西，即使摳到破皮還是清不乾淨，還有些殘留在皮膚上，我打開水龍頭期待溶掉一些，一邊用力搓，或許我跟水聲一起嘩啦哭出來。我感覺像我這樣一個自認有腦子，爭取性別平權且立志獨立生存的女人，被整個世界憎恨。

我氣沖沖地從廁所衝回教室質問他們，他們笑嘻嘻地說妳搞錯，一邊把玩著剛才黏在我肌膚上黏著劑。或許讀到這裡，你會想說我可以申訴保障自己權益，我曾陪S姐姐去語言學校的主任辦公室，求主任讓S姐姐換班。因為她的老師上課打混，還跟學生搞曖昧，整堂課的教學內容是聽他們情侶倆聊天，這就是所謂的口說課。主任聽了後，怕她聽不懂似的，連對S說了好幾次ayıp（可恥），如果每個人都跟妳一樣想換班，那語言學校不就大亂。後來離開教室，S姐姐馬上問我什麼意思，她聽了後更憤怒，有什麼比聽不懂可恥，再被人連罵好幾次不能反駁更讓人恥辱的。

我學到在土耳其，如果你想申訴，你反而會被先羞辱一番。無恥的不是土耳其，是想申訴的你。之後我不管遇到老師多不合理的待遇，我都不曾跟學校機關哀過一聲，我知道所有老師都有我的成績生殺大權，有權力的人會先把沒權力的人弄不見，這非關什麼教育，只是權力。我只會被消失，然後陷入更悲慘的狀態。

我忍耐一切，每天寫近十頁的作業本到半夜，通過每個月的升級考試，卻依舊一點成就感也沒有。我還是感到很失落，覺得自己很失敗。我漸漸明白，我真正想要的，並不是以留學生這個光鮮的頭銜踢翻前男友H說我會走上歪路的預言。外在的成績和身分，不能帶給我任何一點的滿足感。從頭到尾我只祈求被人所愛，與某個人產生連結，希望有一個人肯定我有資格活下去，我活著不是資源的浪費，我不是只求吃飯就能活的卑賤畜牲，我有感受，我會快樂，我會傷心，我只是想被當成人類一樣對待。

我又開始跑到高樓的頂樓，雙手倚在欄杆上，陷入自己要跳下去的幻覺。私立宿舍十多層高的大樓，往下望的景色，忽然與女中的科學大樓連接起來，我根本沒有離開，我反而到了比故鄉更窒息的地方，我在這裡真是什麼都不是，我常想著我要搭車去遙遠的城市，不帶任何的證件，走上那個地方最高的樓，頭朝地面把自己的臉摔爛，然後我就自這世界消失了。沒有人知道我死了，舍監們會以為我回國了，家人會以為我只是不回家了而已，我不過成為土耳其的一具無名屍罷了。

土耳其，八千萬人口，明明是人口眾多的泱泱大國，我卻找不到一個可以言談的活人。每個白天我甦醒的時候，像是整個安那多魯高原那麼多的土往我身埋那樣沉重，又是一個毫無意義，等著被人羞辱的一天。無處可洩的沉重，讓我迫切地想要一個說話對象，一個有足夠心智能力能跟我溝通的生命體，我不求生活改善，我只希望誰能聽我說。我將以前遺棄的SNS又撿回來，我已經不是過去跟Z交往時死盯著看他動態，憐憫他任何一點訊息的人，我是為了再跟人類說話而下載回來。

我重新回鍋噗浪，一個空白沒有朋友的全新帳號，彷彿重新誕生一次。

噗浪跟大部分SNS不同，不會推薦現實與你有關聯的朋友，不用擔心坦承會成為身邊人的把柄或是因而被批判。沒有演算法，所有的噗都是照著時間在河道上流動。噗浪上有許多寫作、繪畫、出同人本的創作噗友，搜尋關鍵字，尋找興趣相仿的人追蹤，再逐漸建立起與其他噗友的人際網路。在噗浪，我不用擔心我的背景不入流，也不必想我對他人是否有用，我只要依興致跟喜歡的人說話。我追蹤了許多寫作者，我想成為寫作的人，每當我寫下來，我就能多忘卻一件令我痛苦的事。我不在乎是否有人閱讀，全都寫下來發布在blog，不介意文字是否優秀，我只知道再不寫下來，我就要處決我自己了，我時常感到要是再讓我痛一次，不如直接去死。

噗浪邊緣人的我，重拾熟悉的介面，但又充滿舉目無親的陌生感。尋覓噗友的過程中，其中一位我追蹤的寫作者發了私噗給我。他自我介紹說是讀台文所的碩士生，看我也是宜蘭同鄉，便想來搭訕，覺得我留學土耳其經歷特殊，向我要line想多多深聊。我們從每天傳文字訊息，到語音訊息，實在太多話想說不如直接用講的比較快，最終變成時常講電話的關係。我和他重疊度最高的話題是文學，他跟我抱怨文學圈一堆人覺得物理和天文學很高大上，經常錯誤挪用理論和名詞在作品裡，使文本變得毫無道理。他會很仔細地跟我解釋光子、黑體輻射公式等物理知識，不過就算他用平易的方式講解，我依舊聽不懂。我躺在沙發上聽他說話，宛若漂浮在地科課本上絢爛的宇宙圖中，他帶給我一種寬闊絢麗的想像。

宜蘭是專屬於我和他之間的話題，在土耳其說起自己的出生非首都台北都有種丟臉感，少數遇到知道台灣的土耳其人總期待你來自台北，因為在這裡，絕大部分台灣人都來自資源最多、最富有的台北。一說到宜蘭，大家總說我去玩過，但一定沒想到宜蘭人因觀光而塞車、生活品質下降的不方便，我討厭外地人把宜蘭當成後花園的形象。我與他談從小看到大的景致與特產，非觀光的宜蘭，我生活的宜蘭。在言談中我好像再度回到故鄉。他說出了宜蘭之外就難以找到美味的麻醬麵和炸醬麵。新竹甚至會在炸醬中加入豆乾，簡直邪門歪道。

更巧的是，他父母家在我外媽家附近，他光說地名，我就能在腦海浮現他家附近的樣貌。我浪漫地想，或許大我五歲的他，曾和我於不知道的狀況下相遇過，可能在五結鄉下唯一的一條街，在宜蘭特有的喜互惠超市物品牆迷宮中，在舉辦童玩節和划龍舟的親水公園，在宜蘭市的文化中心圖書館，過去的我和他就在這些場所錯過，不知道以後我們會交談起來。

與他說話時，我內心起了難以形容的蕩漾，我的一天似乎就為了等待和他說話的時刻，我那麼渴求著說話這件事，卻唯有遠在台灣的他願意和我說話。比起身邊的人，在台灣的他和我之間有著更強烈的羈絆。除了知性的話題，他也跟我談愛、性，人類的共通慾望。二十六歲從未有過戀愛關係的他說，如果有交往對象，他想跟她一起去看海。他不求對象帶給他任何利益，只是想跟她看海，這樣單純的想法很打動我。我不敢痟想與他成為交往的關係，與H君交往時喜歡上E女的自己，與已婚的Z上床，讓我感到關係最終都得走向背叛和謊言，悲戚得令人不敢再想。

六月二十八日，懷抱複雜的心情幫S姐姐搬行李，下午送她離開宿舍，祝她一路平安。那時是齋戒月，夜色遲至八點多才降臨，宿舍在宗教月分准許學生能在外待到九點半吃開齋餐後再回來。齋戒月是土耳其人一年中最重要的月分，宛若過一個月的新年，每日與不同親戚好友鄰居一起享用大餐，至齋戒月結束的糖果節（Şeker Bayramı）時，土耳其人會似台灣過年，在家中擺放糖果宴請親朋好友。這是節慶氣氛的最高潮，開心與親友大吃大喝。

宣禮的聲音自清真寺宏亮傳來，宣布太陽終於落下，有時我在外用餐，一個人一步步走路的細長身影沿著街飄蕩，看土耳其人於餐廳的戶外席一桌一桌地圍聚吃飯，涼風混著聊天的聲音不斷吹著，心裡是說不上的稀微。在土四年，從來未有土耳其人邀我吃過開齋餐，我在土耳其的人際關係是那麼不堪。每當有台人跟我要和土耳其人的合照，問我有沒有土耳其人摯友，問我有沒有去過土耳其人其他省分的老家作客，我都感覺是反著在罵我沒人緣做人失敗。我特別討厭齋戒月，齋戒月讓我明白所有的節日沒有家人皆不成形，讀書第二年的寒假，我回台過年，我躺在床上不斷流淚，淚水沿著臉龐滑進我的耳朵溢滿後把枕頭沾濕，腦袋當機地重複想待會我就要去死。我與台灣家人的連結破碎到，寧可當自己是無親無故的孤兒，那樣的自己或許比現在的我更快樂、更正常。

齋戒月的氣息會熱鬧至天亮前的封齋飯，在神聖的齋戒月，穆斯林更接近阿拉的喜悅心情，完全與我無關。直至十點時，伊斯坦堡機場遭到恐攻，我立刻想到，S姐姐的飛機是否平安無事？之前的爆炸是土耳其首都市區交通樞紐，現在連一個國家交通的樞紐，人來人往的機場都是IS下手的目標了。祥和充滿宗教氛圍的齋戒月，穆斯林除了禁食外，亦要忌爭執、打鬥，IS卻血洗了土耳其。

所幸S姐姐報平安說她的飛機七點就飛走了，幸運逃過一劫。飛往遠東的飛機，幾乎都排在晚上七、八點時。我不斷看新聞的更新，我終於從麻木中感覺到害怕了，查新聞時眼淚自動流下。半夜兩點整，鼓聲轟隆迴盪在寧靜的夜裡，我想起別國的穆斯林跟我說，他初聽見時，驚嚇地從床上跳起來，以為是火災，災難的吼叫。自奧斯曼帝國時期傳下來的習俗，鼓隊遊街，喚醒熟睡的人起床食封齋飯。鼓聲一擊一擊地敲打，正氣凜然地畫破空氣打響鼓面，好似能打跑不好的東西。我放棄再看新聞，闔上乾澀的眼睛躺回床上，我還是不能睡，側身躺著右手覆上左手的手腕，用指尖感覺心臟跳動般的觸感，都是再一次跳離死亡，我感覺自己還活著。好想回去的心情纏繞上來。我想見到他。機場的爆炸讓我的回去之路一併都炸得破碎，回去變得像去死，誰知此時此地是不是死亡的目標，恐怖組織成功散發他們的恐怖給我了。

腦裡想像著掃射時的尖叫聲和接連的爆炸火光，像是壞掉不能關上的電視重複播放，腦裡不斷轉著巨大的無力感和聽天由命及時行樂的想法，土耳其的深夜台灣的清晨，我不抱期待他會立刻回我，我依舊傳了訊息給他，他竟然在線上，他不斷地安撫我說：「我希望我們能在台灣見面，我會祈禱妳平安好好的。」

剛好的時刻，剛好的話，讓我決定去依賴這個人。

我義無反顧走進吊橋效應，我希望能與他建立關係和活下去的穩定事物。我累了，如果他能讓我在他懷裡安穩入睡，我願意相信我與他之間的關係。即使我和他從未見過面，他僅僅是一個網路世界的噗友，他可能謊話連篇一點真實也無，但我總可以做場被愛的夢吧，就算是夢也沒關係。

再一次跟人產生連結，即使再一次信任破裂，再一次的傷害也無所謂，至少現在我想著他時，我也被他想著，這樣的感覺很好。

當時我樂觀地想機場爆炸已經是最糟的，之後一切都會轉好，語言學校將如老師說的時間開課，我可以在七月底回台，殊不知我剛訂完機票幾天後發生的事情，遠遠超出我對目前情勢的想像。

七月，宿舍關閉，將房間的行李清空，暫放大部分行李至地下室，叫計程車逐漸遠離市區，至暑假暫住的臨時宿舍，位在郊區山上的大學裡，等待語言學校開始最後一期的課程。

在土耳其，有句諺語是：「Burası Türkiye.」（這裡是土耳其）

意思是土耳其什麼事都會發生。

土耳其充滿太多反常理、不公不義、超出預期、莫名其妙的事，土耳其人們常自嘲說：「這裡是土耳其。」作為一堆鳥事的理由。然後他們會再補一句：「inşallah.」（如果真主祝福的話）如果真主祝福，事情便可成行。另一個意思是人事無用，政府無用，秩序不在，若阿拉站在你那邊，事情才會成。但如果人事順利，其實根本不需要什麼阿拉祝福吧。

暑假臨時宿舍的生活，像是對「這裡是土耳其」的回應。那段寄宿的日子所發生的事，是土耳其這個國家化身的隱喻。

宿舍位於山腰，大馬路旁還有一條往下的小路，大約要走將近十分鐘，才能走到宿舍入口。印象中宿舍所有的牆都是水泥色，天花板沒有蓋起來，能看到裡頭各式彎曲粗細的管線，給人一種很裸露的感覺。有廣大的餐廳和花園，雜貨店生活機能俱全。夏日時，許多學生聚在外頭抽菸、打電話、吃冰棒。我也在花園一邊散步一邊和他說話。我每天都會見到講電話講到哭出來的女宿舍生，剛開始她還有力氣挺腰站著對電話大吼，她會漸漸哭得不成形，蹲在路邊抱著自己哽咽，似乎哭到要吐了，土女會圍過來關心她，發現她已經聽不到人說話後，便會請保全叫救護車把她帶走。住著數千名女人的宿舍，每晚都能聽到救護車的呼嘯聲，前來載走崩潰的人。

政府的公共宿舍宛若龐大政府的一個分支。頭上管線的聲響，不穩定的電力，偶爾停電，隨機地一明一滅，我感覺宿舍好像有自己的生命體。他將我們這群離家的女人吞納進體內，他的每一個臟器都舒適、整潔、隨時供應美味的食物，只要乖乖地待在裡面好好睡，不要出聲，不要看外面，不要離開，一切都會在秩序中。但每晚總有人撐開宿舍的嘴，渾身沾滿黏液和淚水爬出去。一切似乎在掌握中，但其實完全是失常狀態，一個不該存在的生物，如果爬出去，就會知道被吞進去有多噁心。

災難倒數七天，七月七日。我還相信一切照計畫進行，深信自己會在機票的時間回到台灣。我做了一個夢中夢，我夢見我在海邊撿瓶子，瓶子裡的紙條寫著我的害怕，如果我從五個小時的時差，從螢幕走出來，那還會被喜歡嗎？我聽到咖啦咖啦的聲音，腳下的砂石與天空整個場景都在晃動，我從夢裡醒來後，我發現我在公車上熟睡，頭靠在陌生男子的肩上，公車穿過若雪隧那樣長的隧道，我對他說了：「對不起。」他說：「沒關係，妳睡得很熟。」我要下車時，他對我說：「下次一起去海邊吧。」我說：「好，再見。」

我跟他說我做了這個夢，我和他於二〇一六年七月七日開始交往。

宿舍旁的峽谷，聽說有狼，也有人說是大狗，無論如何都是個鄉下地方，轉乘公車加捷運要一個小時才能到市區。我常從山腰的宿舍走到山頂，與上一個位於市區的宿舍有著截然不同的遼闊。在上一個宿舍，我被關在走廊轉圈，但在這裡，沒有任何大樓遮掩的天空，時常有迷彩色軍機飛過，轟隆的噪音塞住耳朵，隔絕鳥叫、樹葉搖曳的摩擦聲、步伐揚起的細碎塵土，這些小小的聲音全都被蓋住藏起來，只剩下軍機轟隆的聲響，像是數千隻蝗蟲飛越過空中，無數土黃身影巨翅摩擦，災難活活生生的化身。

迷彩軍用直升機逼近時，我和室友感到一陣不祥，以軍機為中心形成圓形的風，把周邊的樹給壓倒。巨大的噪音，讓我們連彼此說的話都聽不到，友人皺眉說真討厭最近好多軍機，我才發現自己不知不覺已經習慣「噪音」了。

十五號的晚上十點多，我室友跟我說「軍方政變」時，真覺得是開玩笑。

Darbe，政變。

維基百科對政變的解釋是：「指一個國家之中有一部分人通過密謀策畫，採取軍事叛亂或政治行動，奪取國家政權的行為。如果能成功完成政變，則會造成權力的轉移、政府的更迭、或政體的改變。」我查了初次聽到的詞，我理解了詞的意思，但還是不清楚政變會如何呈現，我從沒想過政變離自己這麼近。

我的耳朵開始意識到被我遺忘的噪音，軍機又來了。戰鬥機一圈一圈地繞著上空，低飛壓著我們。

政變的消息快速傳遍宿舍。住宿生開始湧出房間，一邊打電話，一邊跑下一樓，準備待會被空襲時能趕快逃出去。十二點時，土耳其國家電視台已被軍方挾持，報導政變成功。外頭傳來零星槍聲，異於平時山上的寧靜。軍方攻擊了軍事機構與警察組織，是不是連政府的宿舍也會攻擊呢？讓我開始想像起，待會一群軍人衝進宿舍掃射我們這群手無寸鐵的女學生，我不知道該跑向哪裡，我可能待會就要死了，軍機的聲音跟死亡的恐懼都一起籠罩我。望著墨色的夜，我意識到安卡拉市區恐攻爆炸、機場爆炸和此刻的政變，全都發生在夜晚，我從來沒感覺黑夜如此可怕，所有的不幸都從夜裡竄出。

我抓著手機查新聞，了解大致狀況後，我第一個報平安的人是我在台灣的男友。他已入睡我還是傳了數個語音解釋我目前的狀況。台灣人在土耳其的line群消息也響個不停。

世俗化的軍方，他們的目的是要推翻偏宗教化的統治者，軍方要保衛國家民主不受現任總統埃爾多安（Recep Tayyip Erdoğan）的侵害。新聞畫面中軍方的坦克車開上伊斯坦堡的跨海大橋和安卡拉市區Kızılay廣場。國家電視台的主播說：「軍方說控制了國家。要改新憲法了。」土耳其總統埃爾多安說：「軍方政變失敗。」

兩方矛盾的聲明，搞不清楚該相信哪個結果，我不知道明天將如何，如果軍方政變成功，我的獎學金還算數嗎？我或許該更擔心，我是否能活過今夜。軍機的噪音和槍聲未曾停下。

新聞上，主播拿著手機，播放與土耳其總統的facetime畫面，此時土耳其總統埃爾多安正在土耳其南部度假，所以只能用視訊聯繫。他鼓動人民上街。他要手無寸鐵的人們走出家門與叛變的軍人對抗相殺。並且發送了全國簡訊，上面寫著：為民主上街抗議吧！

新聞畫面上，在伊斯坦堡跨海大橋與安卡拉市區廣場停放著軍方的坦克，大批民眾響應總統號召，聚集在外頭，毫無節制地痛毆年輕軍人到渾身是血，而軍人朝民眾掃射。每個人為了國家都殺紅了眼，紅色是土耳其的國旗，象徵土耳其建國時犧牲的熱血，只有血才能染出最美的紅色。

一點多時，我和室友關上燈躺在床上，另外一個巴勒斯坦室友則像什麼也沒發生一樣沉睡，她一副了然於心的樣子，她或許對以巴間的戰火習以為常。軍機每十五分鐘接近我們一次，越接近，聲音越大，每當聲音來到最大值時，槳翼旋轉的風聲像在我們耳邊颳著，或許會掃射，或許會投下炸彈，或許我們要忽然嗚呼了。聲音從最大開始減弱時，我們才再度鬆了一口氣。雖然我躺在床上，卻根本無法入睡，緊盯手機上的新聞。

新聞不時地說著新的傷亡、新的衝突、新的暴力。許多住宿生都不斷連線跟家人報平安，半夜的宿舍異常喧鬧。但我和清醒的室友逐漸疲倦到意識昏迷，準備闔上乾澀的雙眼，放棄追新聞。

一聲巨響產生的餘波盪到我的床，把我震醒。

剛開始時我無法分辨是什麼聲音，因為我不看動作片，台灣又太安全，記憶中的聲音資料庫裡無任何應對的資料，毫無概念。聽到那聲音時，腦袋呈現一幅火光聚集又膨脹，燃滿整個視角，一團又一團煙湧出的畫面，宛如玻璃珠落地的清脆聲參雜其中。

時間半夜三點半，國會大廈被炸了，總共傳來了兩次爆炸聲響。

有人哭了，有人從樓梯上碰碰跑下去的聲響，尖叫聲畫破黑夜，如果問我煉獄是什麼樣子，我會回答就是政變那個晚上，恐懼蔓延在空氣裡，令人坐立難安。

醒來後，我無法再躺回去睡，我必須做點什麼來驅散恐懼，而我所能做也只是打開桌燈抓著手機，什麼書也讀不下去。

繼續聽室友說話，大約過了一個小時，我看開了，焦慮也不會改變這場正發生的政變。

我又爬回上鋪的床上，握著手機闔眼。

窗外的路燈熄滅，紫色的天空，夜色漸退，土耳其四點多，台灣早上九點多，男友醒來，回了我訊息。

之後我們通了電話，宛如傾城之戀，世界皆毀只剩我們。

埃爾多安四點左右飛到伊斯坦堡的機場，發表演說，宣布政變失敗。他指責葛蘭（Muhammed Fethullah Gülen）策動這次政變。葛蘭是伊瑪目[19]，領導著葛蘭運動，是現在全世界最大的伊斯蘭運動，從土耳其延伸到中亞，據說全球有五百萬信眾，除了擁有超過百所學校，還有土耳其最大的企業集團，旗下媒體集團更擁有全國發行量最大的報紙。葛蘭與埃爾多安同一陣線，甚至能說是葛蘭扶植了埃爾多安的總統之路。二〇一三年埃爾多安被控告貪汙，他懷疑是葛蘭暗中搞鬼釋放不實消息，兩人漸行漸遠，而最後葛蘭自行流亡到美國，但埃爾多安未曾對他放下戒心。

十二小時的未遂政變造成至少三百多人死亡和數千名群眾受傷。埃爾多安表示，這些人失去了生命，但這個國家贏得了未來。埃爾多安對於響應自己號召而死的人民，給予了正面評價，絲毫未感到罪惡。土耳其在夜裡毀滅，再重新開始，一切都將不一樣，葛蘭運動教徒的血腥政治清洗即將開始。一夜之間，政府就逮捕了一一〇〇人，只要與葛蘭運動有關聯或是立場與政府不同的軍警與記者、教師、學生與異議人士都遭受到逮捕與迫害。許多人在被逮捕後，更是陷入永無止境的拘留，在未經起訴的狀況下被無限期關押。

明明局勢還不穩，土耳其的政治將更加緊縮與幽暗，我們無意義軟綿的情話化掉了那些不安，手上的機票勢必要退掉，語言學校鐵定因政變影響使開學遙遙延期，回台灣與他見面的時間成了無法預知的未知數，但至少現在我很平安。漸漸看著窗外的天空由血紅轉橙再轉黃，終於日出了。我們才掛掉電話，我補眠，他吃午餐。

我爬回床上，反覆播放著他的語音十多遍才讓自己安心下來。其實七月七日時，我並不想跟他交往，我想我背叛了H，E的事讓我明白關於愛的可能，出軌的可能。有時我想要求「專一的戀愛」，是否是父權社會為了財產血緣繼承的「正統」而發明的？只愛一個人反而是忍耐克制自己後的結果，愛慾是流動的，忽然地我們相愛了，有沒有可能某一天正愛著他的我見到另一個能激起我愛慾的人，而我又無法欺騙自己愛上的事實，到時我跟他該如何面對？愛到最後總都像是不愛了消失不見，好似只有感到因愛而傷，才能確定愛確實在。

我可能沒有愛人的能力。

19 imam，宗教領袖。

但他對我說：「沒關係，我就是喜歡這樣坦白的妳，承認自己可能會變心的妳。就算我們可能沒辦法長長久久但現在能跟妳在一起我就很滿足的。

「趁我們還在一起時做完所有想做的事吧。

「真的有什麼困難，再一起溝通解決，沒問題的。

「或許不知不覺我們會忘記離別的可能，一起生活也說不定。」

有個人等我，有個人為我祈禱，他是在意我的。我從他的本名改了一個同音的字，我喚他晨，他對我而言就像是幽暗長夜後的早晨，黑夜發生的政變之後，我在晨光之下入睡。

新的標籤

我回到台灣後，參加許久沒參加的家庭聚會，阿姨煮了滿桌菜。阿姨說她沒聽過土耳其文，要我用土耳其文把每道菜介紹一次，我說你們也聽不懂，阿姨還是很堅持，我邊說邊感到荒謬，說完後他們還戲謔地說我可能亂說騙他們不懂。他們跟土耳其人一樣，都把我看做會走斑馬線的斑馬，陳綺貞唱〈旅行的意義〉：「你埋葬記憶的土耳其」，土耳其人把歧視壓在我身上，回台後，家人把他們奇怪的認知埋在我身上，我不是自己，我是留學生，我是一個刻板印象。

我阿嬤在我第一年回來時剾洗（**khau-sé**）我：「遐爾緊túi^{n}來有啥路用，學ê攏袂記了了--**ah**。」（那麼快回來有什麼用，學的都忘光光了。）

所有人都在追求我的路用[20]，而不是我過得好嗎？我真的快樂嗎？

---

20 lō-iōng：用處。

沒有人問我政變或是恐攻，好像我此刻四肢健全，顯得太健康、太平安沒什麼好問了，或是他們壓根不知道上個月土耳其發生政變。

政變後土耳其的混亂，隨著清潔工將血跡、屍體、爆炸的殘骸都清掉後，又是往常的土耳其，政府慶祝政變失敗，所有公共交通免費一個月，全國人民歡欣鼓舞，莫大的勝利，日子逐漸導回正軌，語言學校開課，再買一次機票，考試，收行李準備回去。我必須通過這些考試，才能盼到回台的長假。那些期中、期末考，都讓我感到十分煎熬。

又是一樣學期尾聲的夏日，我坐在咖啡廳門口旁，將書包裡的課本拿出來用功。櫃台在我正前方，半個小時過去，沒有任何人拿菜單給我，服務生招呼新來的客人，但就是不願意招呼我，我可以開口請服務生遞菜單給我，那麼簡單的句子，我一定會說，但我卻很怕說出口，感覺像是喉嚨被掐住一樣發不出聲。跟土耳其人開口說土語，讓我壓力好大，有過好幾次開口說土語，對方的反應竟然是嫌惡地說：「妳講得好爛。我聽不懂。」好常被說聽不懂，我都懷疑這些人是故意聽不懂。我會說，我怕說的原因是我說了也沒用，那我到底為什麼還要說，還要學這個語言？

不明的委屈，讓我無法克制地想哭。自己在人滿的咖啡廳裡，感到不妥與我該忍下之前，眼淚搶先流下來。我習慣哭泣這件事到這種地步。我可以大街上邊走邊哭，反正沒有人在意我，沒有人關心我的死活，我跟這裡的其他人都沒有關係，這是件很沮喪的事。我是隱形的，不被需要的。最後我收拾東西離開了那家咖啡店，再也沒有踏進去過。

待在土耳其，能夠獲得成就感的事一件也沒有。一次又一次的考試，保住獎學金的成績，只像是跳過了懸崖沒摔死，再往前又是一個火坑。一切都像是沒有任何意義的受苦，我什麼也沒學到。無論如何努力都沒有用的挫折感，具象起來就是眼前的店員還是老師臉很臭地說：「我聽不懂你在說什麼。」但是旁邊的土耳其人聽懂你說的幫你複述一遍，我深深痛恨自己是外國人並且說得不夠完美，我感覺我很失敗，我很糟，我不夠好。

暑假前清空宿舍將行李寄放到地下室，我拉行李箱移動自己，望了一眼沒有任何我生活的痕跡的空房間，我沒有一個永久的住所，我總是借住，連我回台宜蘭市的老家，母親早在高三那年，耳提面命跟我說，房子已經拿去貸款，幾年後大概便還不出來利息了，要有搬出去的心理準備。出國同年父親又向阿公阿嬤、母親借錢選里長，父親此生最擅長的不是做里長，而是掏空媽與我阿嬤的存款。那年他險勝，保住了往後四年分不賺穩賠的工作。挖東牆補西牆，買空賣空，乃我家的經濟狀況，除了我媽有老實工作，其他一起同住的父系家人都是靠借錢維生。

搭上回台的班機，母親買給我的機票，這是給我的獎勵嗎？我開始煩惱起，這是浦島太郎從龍宮返回地面的過程嗎？但我並沒有享受到龍宮，那龍宮是別人想像的金閃閃留學生活。回台後，我常去二手書店關了，舊有的朋友不再搭理我，連曾建議我留學的姐姐也將我設入黑名單斷聯。他們嫌惡地說我出國就像人間蒸發，像是我遺棄他們的指控。他們會氣憤的原因，有可能是我出國後將臉書刪除，當朋友檢視被刪除的帳號，顯示的畫面其實跟被加入黑名單是一樣的。我不知道該怎麼解釋我遭受的委屈，即使我刪除臉書，我還有大家的line，我和朋友們都是宜蘭人，我天真地想等我們都回到故鄉一定能再見上一面。其實我想與朋友聯絡，但現在的人其實不大喜歡視訊、電話，除了文字訊息外的聯絡方式都讓人尷尬。但我很怕看不到對方的臉，我也不大喜歡打電話，好似對著空氣喊話，見不到對方的表情會讓我很焦慮，自己是不是又說錯話。我怕被當成一個麻煩，我膽怯我說的每句話都是對方的負擔，我可沒有好日子與任何正面的事情能分享。有人說死亡，就像是朋友去了一個很遠的地方，那大概遠得像是台灣與土耳其的距離，死人的世界不可想像，朋友不斷地散去，像是浦島太郎死去的親人一樣，死跟斷聯都是一樣地了無音訊，或許我對他們而言才是那個無情的死鬼。這是我回台最不要緊的憂慮，心裡的憂傷皆不值錢。

我回台灣沒有生活費，獎學金是直接匯入土耳其帳戶，不能在台灣領。我爸說他不需要養我了，因為我每天跟男友約會，男友有義務請我吃飯。

我沒臉向也是學生的晨要錢，我的解決方法是偷我爸的零錢，把一塊、五塊、十塊，沉重的硬幣用塑膠袋包起來，拿去便利商店換紙鈔，一個個放到點算零錢的盤子，我緩慢地排著零錢，每一個經過我身邊結帳的客人，都讓我在舒爽冷氣的室內中萬分丟臉地熱汗直冒。沒有零錢時，我必須跟媽媽要錢，每次接過錢，媽媽總叮嚀不要浪費，讓我感到好似我生來欠債，花在我身上的錢都好浪費。失去獎學金的保護，我常常為錢苦惱，偶爾真的一毛都沒有了，只能要男友請吃飯，或到男友家吃他媽媽煮的菜。

後來每次回台，我都為籌生活費苦惱，我常深深後悔去土耳其讀書，與其升學不如就業，什麼都不會的我，可能只能去八大上班，但我十分不擅長與人的應對，也沒有美麗的臉蛋，我大概只能賣器官，不，直接去死比較簡單。我時常陷入這種死胡同的想法中，感覺自己活不下去。

每年母親都跟我說她要離婚，留學第三年時，她在我回台前跟父親吵架搬出去。失去母親的庇蔭，我連同失去台灣的家。我深怕回台後沒錢也沒住處，求生的意志讓我在期末考臨時做起代購，賣土耳其軟糖、土耳其紅茶、蘋果茶、伊斯蘭美術花紋磁磚杯墊等土耳其名產籌生活費。我販賣土耳其的美好印象，布滿伊滋密爾磁磚的行宮中，磁磚上繪的藤蔓與鬱金香是鮮花遠比不上的絢爛色彩，奧斯曼的後宮夫人身上穿的塔夫塔綢，所有光線聚焦在綢緞上柔光閃耀，皇室成員偏愛的紅布繡上金線與銀線的刺繡，銀色的大圓矮桌上鋪上了蕾絲，夫人捻起那小巧軟糖，社會精緻發展的產物，柔軟的方形或是圓滾狀，高糖分混合著玫瑰或是椰粉、焦糖、牛奶、開心果、花生、榛果，一切令人感到美好的元素都包裹在裡頭，土耳其總給人這種古老且精緻的印象。觀光客印象的美好卻跟我沾不上一點邊，事實上留學生活中，光是最基本的生存需求都讓我煩惱透頂，住和錢最讓我焦慮。

去過多爾瑪巴赫切宮，參觀後宮夫人獨享的大理石土耳其浴場，廣大的宴客廳，精雕細刻的厚實巨大架子上是又厚又軟的床，被子上的繡線閃閃發亮比夢的回路還曲折，還有防光的綢幔保護著深沉的睡眠。離開美麗的皇宮，回到我留學第二年的十人房宿舍，五個上下鋪堆在窄小的房間裡，剩不多的空間再塞上十個跟美國高中生差不多款式的鐵櫃，還有一個大餐桌與冰箱，進房門都要像螃蟹一樣側者走，地上還堆滿室友的鞋子，大大小小塑膠袋，用過的衛生紙，沾血的衛生棉。十個女人的物品堆積的灰塵老是引發過敏，老讓我不能呼吸，夜夜被室友吵得兩點後才能睡，如果我抱怨她們太吵，她們會反酸我太好弄醒。我住得那麼不舒服，但我就是沒本錢搬出去。後來身體在回台前第二天，也是期末考最後一天罷工，我昏倒在廁所裡。搭飛機時可能由於身體太疲累，從熟睡中醒來耳朵痛，摀著嘴巴跑到洗手間，抱著馬桶吐胃酸。沒有錢的意思就是不能選，全部都要忍下來。

母親常提到錢，做金融業的她最會算錢，一個錢都不能少，帳目要正確，但遇到父親她就不會算了，能一直慘賠都不要緊，因為父親是廢人，需要被人救濟。但母親對我可不一樣，我回來第一年時她要我去打工，我只回來短短的一個月，我可不願意在能與男友相處的短暫日子中，還要花時間在枯燥的打工上，做過服務生的我知道那有多折磨人。她不斷跟我暗示家裡經濟多吃緊，我不怪我媽老是提到錢和工作，她深怕我跟父親一樣一蹶不振，以為能一輩子跟家裡伸手拿錢，她怕極了家裡再添多一個廢人要養。她知道我有男友後，她覺得那是浪費時間，不如把跟男友相處的時間拿來讀英文，準備就業，休假可不是休息用的，她一直問工作的事。很多親戚跟她一樣，只會問我以後工作的事。連她的同事都在問妳女兒以後做什麼，她被每個人逼問妳女兒去土耳其讀書到底有什麼用？

家人原本對我很不看好，因為我不像父親小時候一樣考第一名，考一百分，我從幼稚園就顯現出朽木不可雕的愚笨，我學得比一般人慢很多。母親教過我一次功課，氣得想打我，我總是寫錯，想不出正確的答案。父母發現我不是讀書的料，他們此後不再過問我功課做了沒，他們都放棄了。後來我拿到了獎學金要出國，他們才發現我有腦，家人忽然對我感到希望，我有了利用價值。我媽問我讀的科系，我說土耳其文學，我媽很詫異，她可能不知道我喜歡文學，因為她認為聊天很浪費時間，她會念我每天跟男友講一小時電話是偷懶。母親以為跟我有血緣關係，代表她了解我的一切，關係不需要經營。我媽又再失望了一次，文學沒有金字部，只有財金科系才有錢。他們認為文學工作的意思就是餓死。我叔叔有天對我說，他夢到我成為輕小說家賺大錢，他醒來後跟我說怎麼可能靠寫作賺錢。我的家庭認為買書是浪費錢，書只要去圖書館借就好，書是一種讀一次就好的東西。他們不知道有些書圖書館沒有，有些書值得一讀再讀，他們對閱讀的態度很輕視，對一切不能換錢的事都輕蔑。

之後他們替我想到的工作是「外交官」，出國外派月薪約十五萬，錢多有面子的工作。

家人深深地渴望我做外交官，讓全家人翻身。父親有膨風和說謊的習慣，我還沒拿到獎學金等高中畢業時，有一次有事必須請他載我出門，路上遇到他朋友，他朋友見到我，很驚訝地說我怎麼還在這裡，原來是父親在外面講成我已經出國了；我還在土讀書，就被說成已經做外交官。這些都是我媽偷偷跟我說的，怎樣都阻止不了他亂講話。我只能被他一直造謠，就因為我跟他姓，我和他有該死的血緣關係，我這輩子最恨的就是斷不了的血緣關係。家人積極替我找公職補習班，跟我分享考外交官的消息，要我寫歷屆試題，每次看到我第一句就是談考外交官。他們壓根不在意我的興趣，不考慮我是否喜歡。

外交官並不是一個外表亮麗輕鬆的工作。許多人以為台灣沒有邦交國，外交官根本沒事做，但其實他們要處理國人在外的困難，比如說他們必須輪班二十四小時on call，聽過外交官處理國人半夜打來說，在酒店被詐騙，只是喝個啤酒帳單就要數十萬，外交官還要當場幫國人殺價解圍；曾有過國人來旅遊時腦溢血中風，外交官必須奔赴現場照顧與翻譯。除此之外還有與他國人員交涉，其實業務繁雜，上下班與休假時間不分，隨時待命為國家服務。

我原想順家人的意去應考，但後來參與代表處活動與外交官相處，了解他們的工作狀態，我發現我不會對這個工作感到嚮往，最重要的是我不喜歡在國外生活，我出國後唯一嚮往的是回台定居。更致命的是，我考不上，外交官特考不是只會稀有語言就可以，還有法政知識和國際關係等，外文所等級的英文能力，如果我很會讀書就不會來土耳其讀大學了。並且，依我誠實孤僻的個性，不大合適這份公職需要的特質，我很不擅長假親切、假好人，假不了，我做不到對每個人都笑得像真的一樣。

人生藍圖乃上學，就業，結婚。不照著走就該死。

每次回台都得重複回答就業問題，不論關係遠近的人都問我。我連大學都還沒畢業，我連是否能畢業都感到迷茫，而他們其實不想聽我想做什麼，而是想用長輩的身分訓誡我，什麼會賺大錢，什麼會餓死，我要回答他們想要聽的乖乖答案才能過關。

結婚問題比就業問題更惹惱我，許多人會一口咬定我會跟外國人結婚，他們說土耳其人長得又帥又俊，以後生個混血兒寶寶，還一邊強調我屁股大絕對生產順利，他們都不會發覺這是性騷擾，好似台女到國外就是要給外國人搞大肚子，女人一生最大任務就是給男性搞大肚子。沒人在意我的意願，女人哪有資格談個人意願呢？

現在，與初認識的人談話，我下意識想說謊，我想假裝自己只是一個普通的大學生，當我誠實說我在土耳其讀書，接下來就得像導覽員一樣，說著重複的介紹事項：「土耳其不在阿拉伯半島，沒有沙漠沒有駱駝，會下雪，土耳其不說英語，他們有自己的語言和文學，我不用包頭巾，我不是每餐吃烤肉，也不是牛排。」說完這些後，通常話題就止了。或許留學最大的代價，就是沒有人再在乎我自己了。

再見H君

比起光源氏計畫失敗，我更寧可H君如他最後對我說的，殺了我。

光源氏計畫是指，男人把小女孩撫養長大成自己理想中的女人，最後娶她為妻。典故出自日本古典小說《源氏物語》，主角光源氏將小他九歲的若紫接入府中，從十歲起培養成為自己心目中的完美對象，若紫長大後成為他的妻子。

H的光源氏計畫是從十四歲開始培養我，我確實如他所願成為此生最適合他的女人，這其中並沒有任何強迫之處，好似我天生就非常順應他，我能接受他的所有指令和要求。在這關係中我要做的就是聽話與配合他，逗他開心讓他能從上班族的苦悶中解脫。當我沒辦法讓他笑，我也不開心時，我的用處大概就消失了。我記得冬雨剛來臨時，強烈地帶我給分離的預感，這種不安化成一個問句，他願意跟我結婚嗎，當我感到不安時，我就會想到婚姻，一種彷彿能將愛情防腐保存的具現化手段，明明知道如同我父母的關係，婚姻並沒有任何愛情的保證。

他說：「不一定。」

不一定的意思就是否決，我已經是他調教出來最好的女孩子，他卻還是不一定要我，他是不是跟我預言有一天他不要我，那我應該先不要他。如果我問對方要不要跟我結婚，就是在問願不願意一輩子愛我，如果不是永遠的愛，那就不值得我再繼續配合他的喜好，那我全部都不要了。

我再度看到他的名字，他出現在我的line訊息中，他透過共同友人要到我的line帳號，我嚇得立刻把手機關機，好像他會從螢幕裡爬出來一樣。我是已經失敗的光源氏計畫，是他預計要走上歪路自銷報毀的廢物，我應該要死掉才對，但我們分開後，我換了噗浪暱稱和筆名，變成另外一個人繼續活下去。

他並不是神明，我並不是他的預言，不是他的創造物，也不是他的所有物。之後我過著背離他的生活，我決定留學，全都只是想向他證明，我能夠過上一般人的日子，我並非他不要的報廢品。

看到那則訊息後，我簡直像是被人丟入水裡，水淹進鼻子裡，嗆得猛咳，阻斷氧氣的心臟劇烈跳動，我等待呼吸再度平順，再次手機打開來，打定主意不要再給他任何羞辱我的機會。

「肥嚕嚕，近來可好？」

明明已經不是交往關係了，他還用以前的愛稱喚我，連我都忘記的名字，我瞬間氣到又把手機關機，噁心地對黑螢幕的手機翻白眼。這個名稱源自於當我放空，不說人話時就會開始嚕嚕叫，他覺得加個肥字很可愛，所以就變成肥嚕嚕。我發個噗浪，徵詢伴侶、噗友，從梁靜茹那獲得一點勇氣後再把手機打開。

他說想要再見我一面，想知道我過得好不好。

與他分手後，我無數次上台北時，我總是深怕在下一個轉角，或是捷運的車廂裡看到他，任何圓胖的水梨形身材、平頭髮型、穿著襯衫與西裝褲的男子，都會讓我心臟狂跳，全身麻痺動彈不得，直到定眼注視過對方的臉，發現不是H君，我才能再好好呼吸。我也無數次地幻想，他知道我留學後，會露出一臉欽佩，我好希望他能肯定我，我終究還是渴望被他看得起，在他心裡留一個美好的形象。

二〇一七年暑假回台灣，八月十五日北上台北，提著上個月去沖繩玩時買的泡盛酒見他。那天恰巧是台北大停電，白天時先和晨一起處理事情，黃昏時停電已經開始，街道變得比以往昏暗。晚餐時和晨分開，我單獨與H君會面，看著陰暗的街道，我有些不祥的預感，其實我好害怕H君一見到我，就會開始數落我，好似我和他的分手全是我單方面的問題，他會不會跟我索討以前約會的餐費、旅館錢，責備我浪費他的時間。

我比預計時間早到十分鐘，一個人站在帶著暑氣黏膩的空氣中等著。每次提早到時，都讓我感到無助，我等的人永遠不會來了，我那麼地惹人厭，說不定對方會故意放我鴿子，讓我知道自己多次等。我更寧可刻意遲到，至少確定有人在等我。

我以往會配合H君的喜好，穿蕾絲小洋裝或是露出大腿的膝上襪。現在我想要假裝自己很自在，穿了沖繩買的藍染洋裝，第一眼看到這件衣服時，我就決定要穿來見他，從他幾個月前跟我說要見面，我就不斷推算我要如何見他。深藍色的布像是海水一樣包圍自己，留白沒沾到染料的部分，走動時裙襬的起伏像是潮水的湧動。我假裝自己是一派輕鬆的波希米亞，其實我恨不得自己不是女人，或是成為無臉男，沒有臉孔也沒有實體的妖怪。

台北的街頭永遠像是從未來過的地方，那麼多蜿蜒分岔的路，而安卡拉單純多了，一條大路通過安卡拉所有的心臟地帶，安卡拉的市區更讓我感到熟悉。獨自站在陌生的地方，意識到在台灣大部分的時間都是和晨一起行動，晨離開時感覺不大開心，晨對H君懷有巨大敵意，他總把H君想得很壞，他不大願意我去見H君。可是我十分堅持，晨不能阻止我做任何事。如果要說H君的壞，就是他很獨裁，我不可能對他說不，但我可以對晨說不。去見H君的目的，或許比起向他炫耀目前的自己，我更想看他生病後，他的身體會老化落敗到什麼程度，我離開他後，他還會是原本我記得的人嗎？

H君終究準時出現了，見到面時我很客氣地微微點頭打招呼，自己面對H君時似乎老是如此卑微。H君事前問過我想吃什麼，我說因為夏天，想吃鰻魚飯。我和他走在燈光幾乎全滅、連路燈也不亮的巷子，店家都半拉下鐵門。久違與H君走在一起，只有腳步聲，我完全不敢跟他講話，他喃喃說不知道賣鰻魚飯的店有沒有電。他的聲音還是跟以前一樣好聽，再度聽到覺得好懷念，他曾經在許多個夜晚對我說過許多話。他的聲音充滿無法解釋讓我總是不能忤逆他的魔力。我回想剛才他在燈光下的臉，頭髮半白，黑髮的部分皆成濃灰，身材一樣水梨形沒縮水半分，依舊襯衫與西裝褲的上班族打扮。

鰻魚店黃澄澄的光，好似人間最後的文明，大停電的台北，蕭條得宛若末日。店裡食客滿滿，店員忙碌地端菜，我和H君坐在門口竹子編成的長凳等位子，坐下來後我將酒交給他，跟他說這是沖繩的等路[21]。以前他去日本玩也會特別買禮物給我，他挑選的東西是有貓的鏡子和布袋、學業進步的御守，分手後我怕他送的禮物有詛咒，全轉送給別人了。和他坐著一起等時，我和他刻意在不長不大的凳子上坐得很開，簡直像是盡可能不要碰到對方似

21 tán-lō：伴手禮。

地，難以想像以前他一來宜蘭看我，我就會飛奔向他緊緊地抱住他，用全身確認他真的來了。

他說我看起來很不一樣。

其實從跟他分手後，高中的朋友說我簡直像換了一個人，說話的方式，身上的氣息，全都不一樣了。他覺得與他交往時的我是軟爛黏人的小女孩（到底能期待國中生多成熟多有自理能力），但其實他熱愛好控制的女人，不聽他的話的女人就是墮落的女人。即使他是個獨裁的混蛋，我還是那麼想變成他會認可的樣子，我終究無法擺脫他對我的看法。

服務生將我和他領到地下一樓的位子，必須先脫鞋才能踩上榻榻米，我想起來曾經與他在這間店吃過飯。他點了小份的鰻重，他跟我交往已經時常沒胃口吃不下。他要我多吃點，幫我點了鰻魚定食再加鰻魚玉子燒。二〇一三年的暑假場CWT[22]那天，他幫我點了一樣的餐。上次用餐再往前推算一年的CWT，造就我們初次會面，或許這個活動對H君是個值得慶祝的日子，才帶我來吃較貴的料理吧。坐在一樣的餐廳，吃一樣的餐點，現在我和他，卻絕不是四年前的我們能預料到的。他跟我分手後去了中國做台幹，我留學的第二年，二〇一六年時，他結婚了，我在臉書看到這個訊息，驚訝地難以接受，我以為他是不結婚的人。如果時光倒流，那時的我們想像的是一樣的未來嗎？

他問了我在土耳其的狀況，我老實跟他說，我並沒有學到任何有用的東西。一般文科生至少具備上台報告、做簡報和寫報告的能力。但安卡拉大學的土耳其語言文學系，則像是迂腐版的台灣高中，老師懶得改報告，所以從來不讓學生寫作業，上課毫無邏輯與備課，老師只會把古文發給學生，課堂上要學生翻譯，不能說自己對文章的想法。學生得背誦幾百年前死去的詩人考據出的作家生平和評論，背詩人的作品名稱與書寫語言，算古詩格律，從詩詞中找出使用的修辭句法，背近代研究詩人的學者名稱和論文名字，要像論文引用條目一樣，書寫年分與大學名稱、出版地點都要詳細寫下。語言學的課，則背上百年前的古突厥語的文法和單字，目前這些突厥語都成死語無人再說了，將死語書寫的文章翻譯成現代土耳其文。現代文學的課，都是愛國文學、突厥民族主義或是讚揚伊斯蘭，老師要求學生買下他的著作做教科書，考試的所有回答要跟他著作內容一樣才能通過。

我每次考試都在背沒有營養的東西，填鴨式教學就是硬背，考試時吐在考卷上，老師還會說很「香」。台灣高中同樣填鴨式教學，背下的地理、歷史、社會、公民，教科書內容至少是世界常識，但土語系都是死人知識。系上的老師都會預設，學生以後當土耳其文學課老

22 台灣同人誌販售會，英語：Comic World in Taiwan，簡稱為CWT。

師，在大學、高中任教。系上學生的畢業出路，差一點的去補習班教書，資質好的參加國家公務人員考試，或是申請研究所繼續念上去，將迂腐的文學再傳給下一代。沒人真正在乎文學與寫作、閱讀，沒有人會說他最近讀了什麼書，或是從哪部電影受到啟發，安卡拉辦了什麼有趣的藝文活動。大家在群組裡只像高中生一樣，討論考試範圍和日期、分數。教學以授課為主，大家乖乖一字不漏地把老師說的背下去，過去學者的研究就是聖旨不可違背。土語系的老師和學生完美印證羅素於《我的信仰》寫的文字：「一部分兒童具有思考／的習慣，而教育的目的在於鏟除他們的這種習慣。」

我被土語系的學業折磨得很挫折，每天花大把時間在一點意義都沒有的課業，但為了獎學金要求的學期平均分數，還是得咬牙讀下去。土耳其的一切都令我感到空虛，我無法向他假裝我過得快樂成功。他聽了後竟然跟我說：「如果有一個學生在台灣讀英語系，另外一個學生在美國讀中文系，終究是喝過洋墨水的比較吃香。」我說了我這幾年什麼都沒學到，只占著一個留學生的學籍，以他的功利角度來看，這麼糞的學業竟然是香的。

換我問起H君的生活，他說他終於做到了錢多事少離家近的工作。

我挑起我最想問的問題，你跟太太是怎麼認識的，她是怎樣的人？

他反問我你男朋友呢，我可以一起請他吃飯為什麼沒來？

我說：「我想跟你單獨相處。」一句點後的話是，我怕如王若琳的〈三個人的晚餐〉副歌唱的：「三個人的晚餐／沒有人開口交談／窗外星光斑斕／沒有人覺得浪漫」

他開始講起他太太，他在中國做台幹時有一間常去的咖啡廳，有次他喝醉鬧事吐了滿地，女服務生依舊待他溫柔婉約，他就動情了，隔天開始約她出去玩，認識一陣子後他們開始交往，之後由於差不多到了結婚的年紀，他們就結婚了。聽到這個故事，我有種既視感，他提過之前的女友是在他吃麻辣鍋，身體很不舒服時，對他百般溫柔，他便決定追求她。H君總喜歡在他脆弱時服務他的女人，不管對方與他多不同都能接受。我忽然發現自己並不是那麼特別，他要的只是聽話、愚蠢、溫柔的女人，而我完全不是他要的蠢女人，我很有自我意見，難怪我沒辦法和他繼續交往。

他說太太是個滿腦子想賺錢的蠢女人。太太只有高中學歷畢業，在台灣根本找不到好工作，H君的薪水能讓她不用工作，但她閒不下來還是找了打工，又一直煩H君做亂七八糟的投資，H君受不了，拿了幾十萬給太太做生意玩玩，生意失敗以後就有理由阻止太太別亂想。太太在淘寶做化妝品代購，台灣化妝品在中國很受歡迎，但太太卻從未記過帳，好幾箱化妝品堆滿客廳半年過去未減少。

他說太太生活過太閒，老是找事煩他，我說不然你讓她養隻貓？他說太太老是回中國，一回就三、四個月，他才不要顧貓這種不能吃的動物。如果養兔子還能考慮，養肥就來打牙祭。這種實際的想法非常H君，line名稱與小名都是兔子的我，坐在他正對面，不知他是否另有所指。

我猜他太太在台灣，或許因為中國人的口音，外地人的身分，使她人際關係孤立，她也住不慣台灣的生活。H君說太太回娘家他也清閒，他們似乎沒什麼共同話題好聊。H君難以接受他太太是黨的信徒，堅信台灣是中國神聖不可分割的一部分。我後來想他認為我跟他很合，可能因為我是他唯一的台獨女友，政治理念相符不跟他唱反調。

我又提議，不然你就生個小孩，你太太鐵定忙到不會煩你。

H君立刻說他太太想生，但他強力反對。他算過了，他賺的錢剛好舒適用到死，小孩超過預算根本養不起。他繼續說：「我真的變得好老了，所有的事情我都算過了，我都預料得到，任何一點變化都讓我累。我現在有錢去世界任何地方，但我連假日出門都懶，我連旅行的勁都提不起來。」

他說完這句話後，頭髮好像又多白了幾根，身形越加委靡縮短，全身縮到只剩他的大肚子似的，吃完晚餐後肚子好像又更膨脹了。我正好吃完了最後一口飯，總覺得鰻魚不似記憶中的鹹香脆，飯也不再彈性，好像隨著我和他的關係一同腐敗變質了。他起身買單，再把我帶回新光三越，好讓晨來接我。說再見前，我問可以抱一下嗎，擁抱時，他說：「我原本不想跟你講，我生病全身冒冷汗，頭痛昏眩。如果我改了時間，可能再也見不到你，所以我還是赴約了。」他的身體確實如他所說的濕潤，跟他已經熄滅什麼都不追求的心一樣寒冷。一句話的時間，我和他立即分開，他轉身招了計程車，他肥大的身軀擠進小小的計程車，我好似看到《霍爾的移動城堡》裡的荒野女巫，走入她的馬車，H君如荒野女巫的結局失去了魔力支撐，整個人塌陷自己的肥肉與慾望裡，但再也無法邁開自己的雙腳追求任何事物。計程車開動，他隨即消失在台北的街頭，他一個人前往我未知的遠方。

我打了電話給晨，他馬上出現在我眼前，他滿臉散發著汗水的油光，抱起來全身熱呼呼，連衣服摸起都是濕的，我問他為什麼看起來那麼累。他說，他想吃KFC的炸雞，一進去就停電。他騎著YOUBIKE在台北火車站找了好幾間門市，竟然全都停電，難以相信台北能這麼黑，最後終於找到發光有電的KFC，台北逐漸回復發亮供電的秩序，他就接到我的電話了。我再問你騎了那麼久的腳踏車，你才濕掉了嗎？

他有些難過地說：「妳白天時說我有汗臭味，跟妳分開後，我立刻去男廁把上衣脫下來洗，想說再見到妳時，味道會比較好聞，但騎了這麼久的腳踏車，我又流汗濕透了，根本白洗。」連我自己都忘記說過的話，晨卻在意得不得了，我對他感到很抱歉，好像看到在H君前卑微的自己。我想對他說，我愛你，對不起。不管你是什麼樣子，我都愛你。

當時晚上九點他還沒吃晚餐，我和他趕緊去轉運站旁的京站廣場覓食，他終於吃到心心念念的美國炸雞，大口地在我面前啃雞肉，他進食時我想著變得好老的H君，我再也不想見他了。H君沒有任何追求，抱著手上的錢安穩等死，越活越接近死人，與他擁抱時，簡直像抱一具屍體般冷。在我面前的晨，飢餓地大口咀嚼肉的樣子，讓我感到生命的活力。快要死的H君不再有任何意義，目前對我最重要的人，是此時愛著我，尊重我一切選擇，接受我一切眼淚和笑聲的晨。而不是否定我的H君，他以為否定我，便能把我裁剪成永遠惹他發笑的蠢女人。

留學的起始，都是因為H君的詛咒，他曾對我那麼重要，他說的話是強大的言靈[23]。我怕被他瞧不起，怕真如他說的沒用，才想做一件有用的大事。這一切的選擇並不是出自我喜歡，是因為我對自己感到丟臉，而負面的情緒只會再引來負面的情緒。留學後，明明了解安大的土耳其語言文學教育爛得像一坨屎，但如果我放棄學業回國，別人一定會認為我很失敗，大學證書沒拿到又要重考再念一次大學，我又繼續死撐讀下去，在這種沒意義的學業中消耗自己，只會讓自己很想死，我每天早上醒來，都感覺又浪費一天的生命，今天與昨天都同樣的nothing。或許H君就是在這樣的日子中，變得越來越老，他明白他的工作毫不重要，但為了錢和頭銜，他還是會每天通勤上班，坐在那個讓他窒息的座位。

我會漸漸脫離他的詛咒，我以後再也不想因為面子，或是被瞧不起做任何的反擊，我想做發自內心會讓自己開心的事，與愛自己的人一同生活。H君的詛咒間接造成我摔入土耳其語言文學系和土耳其這個屎坑。畢業後離開土耳其回台灣，也是我自己的意願，大方向上我是自由的，我只是暫時困在土耳其。

再見H君，我們不會再見了。

23 所謂「言靈」（ことだま）是指語言所具有的神奇力量。古代日本人相信：話一出口，必會藉著言靈產生具體的效果。

地獄來電

我以為出國讀書就可以不被家裡的事情波及，直到母親一通來電，又把我拖回去宜蘭市老家，那個連廁所燈都不亮的老房子，光線總是陰暗不清，剛好隱藏了浴室破碎的磁磚，發霉的地毯，剝落的壁紙，燈關上就沒事，眼睛閉上啥事也沒發生。但蟑螂很無恥，不在乎地爬行任何一個角落。我真希望我跟家人一樣滿不在乎，蟑螂的屎擦掉就好，老鼠咬的食物丟掉就好，甚至都不處理也行，可以一天比一天爛。好可能有極限，但爛就沒有底線。

鐵定是母親質問丈夫後，丈夫回她：「臭膣屄（chhàu-chi-bai）恬恬！」然後甩門逃出家裡。獨自留下的母親鎖上房門，坐在這髒亂的環境中，雙手合十緊握佛珠，對著日本宗教創價學會販賣的御本尊掛軸，反覆念日語的「Nam-myoho-renge-kyo」（《南無妙法蓮華經》）。創價學會官網寫唱念，《南無妙法蓮華經》是深信妙法及自身無限潛能的具體表現，那不是什麼求助於神明的咒語，而是在平凡生活中，不屈不撓為人生爭取幸福的法則。

我看著line上的母親來電通知，想著母親念經修行的畫面，沒救的因果輪迴，但我還是會接起母親的電話，她每年一次的離婚發作。這次她又看到彼箍[24]有別的女人，她堅定地說她去礁溪泡湯，回程的火車上巧遇丈夫，丈夫身邊的女人看到母親後立刻站起來，連招呼都沒打就開始逃。爬過百岳的母親活脫脫像隻母豹，追她追過一節又一節車廂，直到列車的盡頭。女人無處可躲，也沒有跳車的勇氣，只好蹲在地上用手抱住自己的臉，像是鴕鳥一樣可恥地把自己的臉藏起來。我聽到這裡時，感覺這女人的行為跟彼箍很像，都很逃避，難怪他們會走在一塊。彼箍沒有想幫助那女人，坐在他的座位假裝沒事，不干他的事，他總是這樣。

母親大聲地質問女人跟丈夫的關係，同時用手機把女人的臉照下來，女人支支吾吾一句話都說不清。我想像晃動中攝下的影像，女人哭喪的臉被拉得長長，看起來更加不知所措。母親信誓旦旦地說相片還在她手機，要不是相片佐證，我都以為這是一場夢。

彼箍可以無限制地跟母親借錢，再無限次生意失敗或欠錢不還；彼箍可以沒事撟（kiāu）母親三字經或隨便跟她翻臉，母親都不會生氣，但只要母親發現襯衫的口紅印，還是女人的跡象，母親便會氣得要離婚離家出走，我一直搞不懂他們之間的愛情（或感情、關係）到底是怎麼回事。

母親說彼箍從一開始就很奇怪，但母親以為他寡言是脾氣好的意思，她覺得這樣的男人挺不錯。他們交往兩年，時間到了就結婚，一個非結婚不可的年代。彼箍提親時穿拖鞋過來，母親感到很丟臉，她重視面子、愛極了面子，但此時母親感到不妙也不能反悔了，肚子都大了，不結婚更丟臉。婚後母親跟彼箍更沒話說，母親好心問他要不要吃飯，他會突然暴怒走人，婚後一切變調了，彼箍的沉默變成怒罵，母親反而沉默了。

母親每年都說她要離婚搬出去，但從來沒成功過。母親來電總讓我心情受影響，我多希望她離婚讓彼箍從我們的生活消失，但母親總讓我失望，後來我只是接起電話，聽母親說說罷了，我心想又來了。我想她終究害怕被人非議，跟丈夫貌合神離不為人知，比被人問為什麼離婚好。只要情緒過了她就能繼續忍下去，母親就這樣反覆食言。

時間到了留學的第四年，母親好久沒來電，我才明白母親沒來電是最可怕的。

二〇一八年十一月二十四日舉辦九合一選舉，里長也要重新選舉。那年暑假回家時，彼箍忽然提議說要拍全家福，上次一起拍照是十幾年前，我猜他別有目的，有彼箍一定會爆發口角衝突，可是母親懇求我參加，所以我不情願地去了。果不其然進到攝影棚，彼箍開始罵起我弟及腰的長頭髮，要弟弟把頭髮藏起來，我弟當然不甘願聽命，他們在攝影棚大聲起

24 hit-khò：那個。代稱我身分證上父親欄的人。

來，照相館是里民開的，當著選民前吵架實在難看。

最後媽媽替弟弟說情，他什麼樣子他自己高興就好。攝影師說拍全家福和和氣氣，來大家笑一個。母親擺出業務員最親切的笑容，彼箍咧嘴大笑眼睛瞇起來，弟弟的笑容也很正常，而我為弟弟難過忍著不要哭出來勉強笑了。後來彼箍把那張全家福放上了里長選舉傳單，並把弟弟的長髮修掉，原來他不是想跟家人拍照，他只是想營造出家庭美滿的形象。

秋天開學我便回去土耳其，沒有打算十一月回來投票。選舉的前一天，十一月二十三日，弟弟回去家裡後，跟我說家裡出事了，警察來家裡蒐證，把彼箍請去調查。弟弟偷聽到叔叔和母親討論要開庭請律師。我問母親怎麼了，她說只是里長沒選上，一切都好。我便沒多問。

後來過了一個月，高中朋友傳訊息跟我說，他回家聽到他媽媽跟人聊天，彼箍賄選被羈押了。消息一層跨過一層，傳到八千公里遠的土耳其，我才知道原來他被關了。我用彼箍的名字做關鍵字查到了新聞，標題是選前之夜掃賄，宜蘭市的里長涉嫌幫人買票，因涉嫌重大當夜聲押獲准。意思是他從二十三號晚間就被羈押關到看守所了。

打給母親，跟她說我知道了，母親頭一句話竟然是哭著說一切都是不得已，要不是有家要養，不然他怎麼會做這種事。母親一句話就把彼箍的罪都撇清了。彼箍被關後，銀行向母親催繳彼箍的債務，但又因個資法不能透露這些錢如何欠下，母親不明不白地替丈夫每個月的卡債和貸款繳上好幾萬元，還出錢替彼箍請律師打官司，彼箍反而怨恨起母親說：「我會這樣都是妳害的。」

即使彼箍對母親做的一切感到不滿，並且將他人生失敗的原因都怪在母親身上，母親還是對他不離不棄，母親說：「人有難時，你要幫助他，還是不理他？當然是幫他啊。」我終於理解母親和彼箍的關係，並不是一般人所說的婚姻，是地藏菩薩和眾生，地藏菩薩發願：「眾生度盡，方證菩提；地獄不空，誓不成佛。」母親比她信仰的御本尊更慈悲為懷，御本尊不會掏錢給信徒，但母親會撒錢給彼箍。

聽說彼箍是行賄時當場被抓到，可說是罪證確鑿，沒有任何冤枉或脫罪的可能性。彼箍替縣議員候選人、市民代表候選人及里長候選人買票。檢察官想要套出上游政治人物的名字，但彼箍不願招供，便被警察關到羈押期限為止。過年彼箍也沒回來。母親還罵檢察官很壞，不願放過彼箍。

二〇一九年夏天，我回台過暑假。下飛機，回到家裡，彼箍坐在客廳看電視，即使我經過他，他也沒有反應，像是沒有聽到也沒有看到我，好像已經在電視機前石化了一百年，瘦了很多，神情恍惚，雙眼沒有對焦，像瞳孔放大的屍體。與其說他在看電視，更像是電視在看他。我看了挺害怕的，這個家的一切令我難以忍受，或該說這個房子根本有鬼，如果住久了靈魂鐵定會被抽走，隔天我就逃到晨家，之後兩個月都住在那裡。

彼箍從看守所放出來後，他變成住在夢裡的人。母親說他不是沒反應就是發怒，常常把東西弄丟，甚至連每天晚上睡覺的棉被也找不到，半夜對母親大罵說是女兒偷了棉被去男友家睡，母親反譏諷他說是你把棉被拿到別的女人家了吧，然後關上房門就不理睬他了。彼箍說的話失去了現實依據，他以前就老愛膨風自己有多行，在現實上加油添醋，比如說自己身體強壯，一邊縮腹把手臂肌肉鼓成山丘，吹噓他的體能；說他一年替家裡繳了多少錢，說出一個灌水的數字。但他現在說的話則是完全的謊言，他編構不存在的身分。弟弟跟我說，彼箍開始使用交友軟體，他在電話裡說他是大企業家月薪數十萬，有時候他是工作穩定有愛心的學校老師，他興奮地在電話裡和女人調情討照片問年齡，好像他只有發情時才有精神。

事實上彼箍無業，他里長選失敗後，心裡還惦記著里長伯的身分，自己碩士畢業的學歷，對工作眼高手低。母親介紹他去賣場做店員，他看到認識的人立刻假裝不認識，他感到丟臉。

我在宜蘭的書店巧遇彼箍過去的同學。對方劈頭就問起彼箍被關的事，很誠懇地說這一定是冤獄，我否定他，說這是罪有應得。彼箍的朋友指責我怎能如此滿不在乎，你爸被關，你也會跟著一起丟臉，別人看你也有罪。

家鄉的舊識談到這件事，總想為彼箍脫罪，或是很世俗地說政治都很髒，事情沒喬好罷了。但他們背過我時，絕對是在譏笑這個賄賂醜聞。就因為我是彼箍的女兒，即使我沒犯過罪，但一樣是犯罪者。

然後彼箍的同學開始跟我講起家庭倫理。他說人生來不是做父母的，都是邊學邊做，所以父母當不好，兒女應該反過來體諒父母，這是兒女該做的事。家庭最重要的就是愛，他有個做警察的朋友去嫖妓，剛好警察臨檢當場抓包，因此丟了工作，朋友失業很消沉，但朋友的家人原諒他，並全力支持鼓勵他走出低潮，所以朋友又能重新站起來。

彼箍的朋友言下之意，是在指責我對彼箍不夠有愛，並且沒有做到女兒的義務，所以彼箍的失敗和消沉要算在我頭上。當他說兒女要體諒失敗的父母時，我想到自圓其說的阿Q，總能說出個自爽的道理。為什麼在法院上白紙黑字的罪，在耳語中就是非全失，一切都用儒家的孝道隨意定罪？難道這世間所有男人的失格，都是妻子和女兒的錯？

因為女人不夠體諒、不夠包容，才讓男人犯罪，但真正的罪人卻不是男人，而是不夠有愛的女人們。而女人犯罪就是女人的問題，出軌的女人，都該被火燒死，但男人可以一次又一次背叛女人，因為他是父親，值得被原諒。

留學第五年時，母親來電又說她要離婚，但這次是彼箍主動說要離婚，彼箍從文具店買好了離婚協議書，丟在桌上要母親趕快填一填，他要母親名下的店面，要母親把財產分一半給他。母親想到自己賺來的房子，平白分給彼箍一半挺肉痛的，而且彼箍一點積蓄也沒有，若把房子分給他，他大概會立刻賣掉把錢花光，母親憂心起彼箍的老年，母親想到他孤苦無依的樣子，母親又菩薩上身，決定不離不搬，要跟彼箍廝守一生。

罪人下地獄承擔自己的業障，地藏菩薩追隨罪人一同下地獄，兩者都想入地獄誰能阻擋。母親來電根本是地獄來電，她說著地獄級的慘劇和荒謬，全都是我家的破事。

母親重複地在地獄說：「無論如何，那都是妳的父親。」我從未認同過母親的歪理，我也從未想做菩薩的女兒。

很慢的刀和很長的冬天

「好可怕。」無法克制說出這句話，再用手摀住自己的嘴，好像這樣就能當作沒說出口。一個人自語會被當成瘋子。一個人盯著沒有人的地方，就會被視為精神不正常。任何一點不正向的表現，講出來都會被投以責難的眼光。想起學姐的話，一起住過的室友，她們困惑轉憤怒的眼神，讓我想從世上消失。連在疫情期間一個人隔離的宿舍房間，我也恐懼著那扇不能鎖的門，怕下一秒就會有人敲門抱怨，我時時刻刻都在怕著，又要被人否定了。

已經不知道是土耳其先天的本質，還是土耳其後天發生的災難，讓我如此不安，整個人都消沉起來，陷入止不了的昏睡。一切都喪失了意義，不明白自己在追求什麼，努力地做了些什麼，握緊的手，卻是空心彈，五年過去。時間分段的刻痕，只剩下恐怖攻擊和政變，中間發生的事，像是不值得記住一樣忘記了，反而回去台灣放暑假的旅行，重複地在腦中鮮明放映，好似台灣是我心中最後的美好。

我不時因為害怕而全身顫抖，恐懼化為實體的一雙手，想用力擠爆我的心臟。劇烈的心臟疼痛讓我停止呼吸，一瞬間感覺從頭到腳都是冷的，從禮堂爬往教室的大樓梯，一個人坐在人聲吵雜的學生餐廳，高速運行的捷運上，躺在宿舍四人寢室的床上，一群人圍在學姐家餐桌吃飯，在這些沒有任何連結的時刻中不定期發作，我沒有原因地開始怕起來。

害怕的頻率逐漸升高，我又不小心在人來人往的路口，說出好可怕了，全身的骨架要鬆散了。我常在噗浪寫雜記，把溢出來的悲慘記錄下來，那些字句是不得不寫下的抒發，友人看到後建議我回台灣再考大學，既然那麼討厭住在土耳其回去不就好了嗎？我光是想像跟媽媽開口，重新面對生疏的高中課本，不知道要從何處湊來的學費，就讓我覺得好可怕。重複地在放棄和繼續間懊惱，時間拖磨到大四的寒假，大學快要結束了。

原本媽媽答應我今年寒假可以回台灣，卻在我挑好回去的時間後，跟我反悔她沒有錢。父親的債務和官司掏空母親的戶頭。母親在電話中語帶嘲諷轉述，父親竟然罵她怎麼不多請一點律師，她補了一句，好像家裡很有錢。掛電話後，我連咒罵母親愚蠢、父親去死的力氣都沒有。重複的挫折感把我整個人都抽乾了。難過太多次後，我變成緊繃疲乏的橡皮筋，沒有彈性只待斷裂。五年的尾聲，一切都緩慢得難以忍受。

寒假期間，我借住學姐的公寓，學姐回台灣放寒假，她給我公寓鑰匙請我顧家。台灣留學生間將學姐捧為媽祖，宣揚她是熱心助人的女神，有問題找她都能解決。在土耳其的日子，她確實關照我諸多，常請我去她家吃飯，並教我煮飯、土語、搜尋土耳其學術資源的方法。回顧在土這五年，學姐給予了我最多的善意和幫助。

寒假中唯一固定的行程，是在每個禮拜二傳統市場開市，採買一個禮拜的食物。土耳其的蔬果貧乏，販賣的種類十根手指頭就數得出來。每次都買差不多的蔬果，沒有變化的每一天的翻版。日復一日切菜，刀子已經很鈍了，重磨了好多次，還是把切不斷食材的刀，總得用雙手的力氣用力斬，依舊切不斷時只好在砧板死磨爛磨。並且，瓦斯的火力開到最大僅僅是台灣的小火，光是等水滾就要十幾分鐘，因為土耳其人不熱炒，他們習慣花一整天燉一鍋肉。鈍刀和弱火讓做菜的時間加倍又加倍，即使如此，我還是熱衷於每餐煮飯，沉浸在芡芳（khiàn-phang）的油蒜味中，食材放入中華炒鍋水氣蒸發滋哧作響，讓我感到熟悉，似乎與台灣更接近些。

吃過飯後，血糖升高昏昏欲睡，我賞了自己幾巴掌保持清醒。在特別冷的冬天裡，我準備著畢業論文，面對一大疊待讀的文獻，像是自己準備生吞來自北極的巨大冰塊那樣難熬，啃讀的過程中，彷若冰塊化暖，水流入喉嚨，讓我對研究對象有了同感。Refik Halit Karay，著名的土耳其流放作家，土耳其真正的愛國者通常都會遭受國家迫害，不是上吊死刑就是流放異國。住慣伊斯坦堡大城市[25]的Refik，被放逐到安那多魯的鄉下，目睹帝國邊陲地帶官僚的腐敗，體驗庄腳人的田園日子。之後被流放到黎巴嫩的首都貝魯特時，他深深思念故土。即便遠離家鄉，但住在自己的國家，至少都還是熟悉的語言和習慣的風俗。流放的經驗，使他有別於其他作家的題材。當時貴族階級壟斷的舊文學遭人詬病，他搭上國民文學火熱的改革風潮，作品親近安那多魯的土地和人民，並使用平易近人的文字。Refik是國民作家，連小學課本都有收錄他的作品。

Refik的作品不時流露出對故鄉的思念，他的經典作〈桃子花園〉（Şeftali Bahçeleri），主角充滿熱情從歐洲留學歸國，想要改革國家，卻先被國家改造。因不明的理由吃了幾個月牢飯後，被分發到鄉下做官，鄉下官員懶散度日，他想推行的政策只能停滯。他每天無所事事，喪失目標。他在異鄉沒有任何的熟人，也沒有任何處得來的友人，下班後毫無目的地走在街上，任著海風吹拂他單薄的身影。他在街上不斷繞圈，虛耗到肉體疲憊為止。流放的孤絕，就是與一切隔離，在無意義的輪子中空轉，被理想、政府、親人、友人、愛人，被全部他曾經所愛的遠離。

我被流放到土耳其。從最初的想去土耳其，到現在我彷若在服刑期。我想在國外開放視野，但土耳其卻用華麗花紋的長布，封住我的視線，我的身軀，感覺自己本身很罪惡需要遮掩，不可言說，不可表達，這裡的一切都讓我想檢討自己。

讀書時，我重複將冰凍的腳掌放到另一隻腳的小腿上解凍，這個過程像是在走一條隱形的路，明知道撐過最後一學期，交出論文，拿下二四〇學分就能離開，這段旅程卻像是從數萬光年之外的星球回到家鄉，那麼遠，那麼久，那麼不可能抵達似的。想到這點，睡意便湧上來，捲去清醒的意識。

老舊公寓的木窗子抵不住寒風，暖氣溫度開多高都一樣冷。每天醒來，鼻頭總是凍到沒有溫度，懷疑自己要冷死，下一秒又墜入昏睡。直到餓得不能睡，我才起身去廚房。定時感到飢餓，卻無法控制自己的睡眠，日頭前不能控制地昏睡，夜裡該睡卻醒到天亮。離開台灣前的高三，也是同樣混亂的作息，當我對一切都失去興致時，身體就會自動逃避到睡眠裡。一天又推進一天，依舊像原地踏步般空虛，直到學業尾聲我才明白，這五年都白費了，我在留學生涯中，唯一學會的事，只有煮飯而已。封閉的環境禁止我多想，我只剩下最基本的需求，吃與睡，等待時間過去。

25 伊斯坦堡的歐洲岸，是土耳其最都市化、最發達的地方。土耳其國土歐洲部分土語為魯梅力（Rumeli），過去奧斯曼帝國時期歐洲部分延伸到巴爾幹地區，目前土耳其僅存的歐洲領土只有伊斯坦堡的歐洲岸。安那多魯和魯梅力在Refik的時代，是兩個反義詞，安那多魯代表鄉下，魯梅力代表城市。

開學，再度陷入沒有意義的學業。二〇二〇年新年爆發武漢肺炎，三月時終於傳到全世界，以前走在街上被譏笑中國人，現在大家看到我就跑開尖叫，好似我就是瘟疫本身。所有人咬牙切齒怨恨亞洲面孔時，卻沒有人願意戴上口罩保護自己的呼吸道。土耳其還零案例時，土耳其人還僥倖自以為是「乾淨」民族，把零案例歸功於土耳其人愛洗手，並且愛用古龍水消毒。沒有受過SARS波及的土耳其，隔岸觀火世界疫情，好像武漢肺炎只不過是很遠的地方發生的事。

停課前一禮拜，我恰巧與古典文學的教授搭上同一部電梯，我慣性向她問好，我觀察同學遇到老師都會打招呼。她走上講台後，立刻談起武漢肺炎。我瞬間感到好多視線都落在自己的臉上，他們看我的瞳孔，反射出一顆綠色圓滾、帶觸角的冠狀病毒坐在教室裡。教授說：「剛剛我搭電梯時遇到一雙鳳眼[26]，鳳眼竟然對我說你好，噴得滿電梯武漢肺炎病毒，嚇死我了！」全班同學聽完後立刻哄堂大笑，沒有人認為這是種惡意。連跟我較有來往的同學，也都笑得很開心，這麼好笑的事，我怎麼感到痛苦呢？這幾年學的土語，只是讓我聽得懂別人在笑自己而已，土耳其語沒有給我任何正面的好處。

三月十一日出現首位肺炎案例，一名自歐洲歸國的土耳其公民呈陽性反應，學校隨即宣布停課三個禮拜。十四日時，逾五三〇〇名土耳其公民在沙烏地阿拉伯完成穆斯林副朝[27]後歸國，陸續有民眾出現肺炎陽性反應。

新聞報導安卡拉、孔雅、伊斯坦堡的學生宿舍開始淨空，許多學生還住在宿舍，半夜忽然被叫起來收東西。他們事前沒收到任何通知，只能狼狽地被舍監驅逐，好讓大量歸國民眾住宿隔離。但那些歸國國民卻抱怨，學生宿舍像是畜牲住的地方，那麼破爛骯髒。一大群隔離者撞欄杆試圖逃脫，土耳其警察圍成人牆，雙方爆發警民衝突。

讀了這篇新聞後，我開始憂心，宿舍是否將無預警關閉。許多土耳其人學生都回家了，在土耳其毫無親人的我，沒有家人接我回去。即使回家也只是回到一座被蟲蟻啃食、一倚靠就崩毀的老舊大樓。母親期待我拿到畢業證書再走，這就是我還待在土耳其的全部意義，五年青春換一張廢紙。就算回老家也沒有屬於我的房間了。一年沒回去，對我的家人而言等於不用回去了。去年暑假我借住男友家時，我的房間被彼箍占走，他的尿臊味瀰漫走廊，像是隻欠缺教養的公狗，他的雜物與發霉灰黃的衣物全都擺在地上，他不知道什麼是收納和整理。我那麼想回去，但回去是那麼悽慘，對家人而言，我已經是不存在的人了。

---

26 çekik gözlü，土耳其人對亞洲人種的代稱。

27 副朝，也就是在非朝覲季去麥加朝覲。穆斯林的朝覲季始於伊斯蘭教曆的十月一日，為期七十天，教曆十二月為正式朝覲月，日期定在八日至十二日，稱為「大朝」或「正朝」，其他時間的朝覲就是「小朝」或「副朝」。

隔天醒來，我從走廊行李箱轟隆隆的滾輪聲，搬運物品的碰撞聲，發現了所有人都在準備撤離，下樓問了舍監，他們確認了我的猜測，我問會搬到哪裡？有隔離的房間嗎？有獨立的衛浴設備嗎？舍監如所有的土耳其官僚，回答了不確定不知道。反正會有車子來接外國學生，送到別間宿舍集中管理。

必須搬家的消息，像是一顆大石頭砸到我的腦袋。住處的變化非常影響人的心情，安心的落腳處是一個人生存的基本。一般人處理租屋事宜都感到萬分焦慮了，更何況我在疫情期間，將被一輛不知名的卡車載到一個未知的地點，一切都是未知的。

我無法克制自己尖叫吼叫糟蹋自己的喉嚨，崩潰之餘，手還不能停，繼續趕緊收行李。像是敘利亞的難民，包起所有能帶的東西，打開櫃子做最後的檢查，對著空蕩蕩的房間，說不知何時回去的再見，全身掛著大包小包，闔上門離開。

依照土耳其政府的慣性，每次有「大事」就封鎖消息，土耳其的病例與疫情，鐵定藏著數倍的黑數。一場瘟疫正在擴散，沒有人跟我說明這是什麼情況，讓我很害怕，我感覺腳下的地板開始液化，安那多魯大陸對我而言像漂在大海中的保麗龍一樣，隨時都在晃動。唯一可以把我拖上岸的，是我在海上抓住的一只電話。我打電話給學姐，問她可否讓我借住直到復學為止，她平淡地說好。當時我聽不懂她的「好」之下的意思，還以為自己得救了。現在回想起來，如果時光倒流，我寧可不要向任何人求助。

我把這次借住，當作是短暫的借宿，我希望一下就結束了。我像以往在學姐家作客時一樣，睡在客廳沙發，用餐桌書桌寫論文。學姐在客廳旁的書房工作，敞著門可以看透一切，毫無隱私，我提心吊膽自己每一個舉止，做個好室友、好客人。直到學姐關上臥室的門，夜深時我才能鬆一口氣。

配合她的習慣，每個禮拜花一天打掃，清潔流程還不可更改，第一步清除物體表面灰塵。戴上靜電手套，空間順序為書房、客廳、臥室、玄關、廁所，所有可見之物都要擦一次。從高處到低處，把灰塵抹到地上，從窗戶最頂端開始往下。她家有十個大書櫃，全都要用椅子爬上去擦到頂端，所有的桌子椅子是連椅角和底部都要擦到，客廳有一個紀念品展示櫃，約四十個小東西都要一個個擦。門有八扇，裡裡外外都要抹乾淨。之後再用加了清潔劑的抹布，把一切再擦拭一次。

第二步使用吸塵器。需將所有桌椅沙發都搬開，三條大地毯先吸一遍再捆起來擱置旁邊，床也要搬開，除了書櫃以外，可移的家具都要搬開。吸完三房一廳一廚房一衛浴一玄關的格局和走廊後，還要吸第二遍。吸第二遍時換上扁長的小吸頭，繞屋子一遍把所有牆角都吸一次。吸塵器約三公斤重，要抬著吸整整兩次。

第三步拖地，必須拖兩次。一次清潔劑，一次清水。

第四步廚房和衛浴。廚房所有刀子、調味料、碗盤晾乾架，所有流理台看得到的東西全部都要搬走。這些地方必須全部噴過清潔劑，徹底擦過。瓦斯爐也會全清過。浴室也是相同的流程。清完後學姐會把吸塵器全拆開洗一次，濾網、用過的抹布、海綿全都丟洗衣機，洗兩個小時。然後再讓洗衣機空轉，洗洗衣機兩個小時。平時每兩天就要洗衣服，每次也都是讓衣服洗兩次，洗兩個小時後晾衣服。

家務與每天三餐的洗碗、備料與心理壓力影響，我的手皮脫落，整雙手變得碎爛濕潤，不時落白色的皮層，連手機和筆電的指紋辨識都沒辦法用。我需要戴手套才能碰水，但學姐認為用手套清洗時，留在手套上的水都是髒的，戴手套清潔只會越弄越髒。爛手和戴手套把我變成更髒的存在。

疫情的曲線越攀越陡，從每天增加十幾個案例，到每天增加三千人時，高等教育部宣布這學期不用上課了。隨著與學姐兩人單獨處在室內的時間越長，空氣越來越緊繃，兩人之間的對話漸少，買菜和吃飯、煮飯時間都錯開，兩個人一起住，不是一起分擔家務，而是給對方雙倍的負擔，學姐老是覺得我打掃得不夠透徹，她會把我掃過的地方再清理一次，並埋怨我把她當成清潔婦，她在自己固定的打掃程序中越掃越怒。當初放假的輕鬆氣氛已經沒了，我滿心只有不知道什麼時候會被趕出去的恐懼，每次講電話時，都得輕聲細語，不敢多提目前的狀態，不敢多講太久，我真希望自己沒有實體，不會打擾到任何人。

每個禮拜二有傳統市集時，才有機會出門一趟，每個人都戴起口罩，但卻有不少人露出鼻子，看來病毒還能再囂張好一陣子。我獨自走在空蕩蕩的路上，我感到放鬆，不再擔心自己在他人眼裡是什麼樣子。當街上冒出其他路人時，我又開始緊張起來，我怕被當成中國人痛打一頓。去ATM領錢時後面的土耳其人大叔，站得離我非常近，近到我的脖子可以感受到對方鼻息，他出現時我的鈔票正好從機器吐出來，走不掉的關鍵時刻，抽出錢後我緊抓著錢包就想跑。大叔直直看著我的臉問：「妳從哪個國家來？」我聽到後更害怕了，不回頭地一直跑，大叔的大笑聲跟著我好一陣子。我怕我說我來自台灣，他還是會怪我是武漢病毒，都是我的錯，所以死一堆人。

過去經驗的累積，讓我知道最好別回嘴，逃跑就好。或許是太壓抑自己了，我夢到說土耳其文的夢，總是在街上與陌生人破口大罵吵架。現實的我只能吞忍下去他人的惡意，疫情前的欺負，是隱喻的揶揄，現在的欺負則是寫實主義的描寫。我恨死他們了。

在學姐家住了兩個禮拜後，在疫情的高峰期的四月初，她開始問我要不要搬出去。聽到時我覺得自己整個人都要散了，恐懼下一秒就要被逐出家門，流放到充滿病毒的街頭。每天增加上百名因為肺炎死亡的屍體，我不知去哪，也不知道要回去哪，頓時我很想哭，可是我得忍住自己的表情，遊說她轉變心意，讓自己得以繼續借住。人類在死亡的恐懼前是沒有羞恥心的。我趁隔日買菜時，打給認識的台商，詢問是否還有班機，講到目前的處境時，忍不住在街上大哭，武漢肺炎與居無定所讓我害怕極了。當時土耳其已經封鎖海外航班，最快能飛回台灣的飛機是五月一號。

回去後學姐跟我說，我們要談談。好像青春痘冒出白點，爆出源源不絕的膿，她忍無可忍了。她最討厭被人捧成媽祖，她認為所有人都對她軟土深掘，別人遇到問題絕對是連腦筋都沒動，就奸詐地想找她幫忙最省事，連我也在利用她，因為她絕對會說好，所有人都期待她說好。之後她給我冠上一個，最令人惱火的大帽子，「妳只在乎妳自己，非常自私。」然後開始細數我的自私，比如說我頭髮比她長，她常常在地上看到我的頭髮，我沒有完全遵守她的打掃順序和守則，不夠清潔，她深深懷疑我弱視才看不到那些髒汙。許多生活的細小瑣事，嚴重影響她的生活品質。她長篇大論下的結尾，絕對不是她潔癖，她特別跟我強調這些都是一般人都知道的「生活常識」，她不需要跟我說明，但我卻不知道。讓我覺得像我這種出身的人，非常可恥與丟臉。她希望我能達到她的整潔的目標，不然就搬出去。

最後她還問了我是否對她有不滿。我只能說沒有。為了躲避人類自古以來恐懼深處的瘟疫，聽完她的不滿後，我只能道歉與可憐兮兮地說：「好，我會改善。」

為了改善我的自私，每次在走廊、廚房等狹窄空間遇到她，我都會閃到角落，把自己縮成最小的面積。煮飯、洗澡、吹頭髮後，我都會跪在地上撿頭髮，我似乎認識了一個世界通則，絕不要跟頭髮比自己短的人做室友，因為他們的忍受力跟他們的頭髮一樣短。我不斷地搓洗抹布與各種清潔用品，反覆與我看不到的髒汙對抗。每週的打掃中，我越明白，不是我近視三百度的雙眼看不到，而是我看不到學姐眼中的髒汙，望著學姐家乾淨到發光的公寓，我思索不出我要清潔什麼，我有種拿學姐家瓶瓶罐罐的清潔劑往自己身上倒的衝動，我就是那個巨大的髒汙。

我們談談之後，我買了五月一日回台灣機票，四月底時機票取消了，當我打了全土耳其的土航客服和門市電話，沒有一通電話接通時，學姐嘲笑我找台商問機票，她說台商才沒有那麼神，並且她很不悅，我將她要請我搬出去的事告訴台商，她認為我把事情鬧大了，好像她有必須收留我的義務似的，這讓她很有壓力，她因此月經晚了很多天都沒來。

她每次看到我看窗戶時，都覺得我要跳樓了，讓她很害怕。從寒假到肺炎大爆發封城，我花了大把的時間看窗戶，好似我真的很喜歡看窗景一樣。其實是，我什麼地方都去不了，什麼地方都不想去了，我只能看看窗景。電腦螢幕是與大千網路世界連結，所有的地理距離在電腦上都只是一串網址那麼遠罷了，那些聲音和畫面似乎離自己很近，我好像真的在那裡。當我望螢幕望到眼睛發紅乾澀，轉向看真正的窗，窗外永遠是同一個公園，同一個橢圓形PU跑道和健身設施，只要推開透明的玻璃，就可以觸碰到我最想去的地方吧，但卻那麼遠，我只能一直看，想盡辦法讓眼睛看到最遠的地方。

疫情期間，我深深地渴望一把鑰匙，一把自己的鑰匙，一個可以隔開所有的人的空間，不會下沉也不會搖晃，一個屬於我的實體空間。幻想自己的空間，比起任何關係，讓我感到安心。一個不會拋棄我，讓我活下去的空間，多棒啊，比任何諾言都還有可靠性。

學姐說：「台灣人應該互相幫助。我把妳當妹妹看待。」在這句話之後的兩個禮拜，我搬出她家。

我可以忍她嚴苛的衛生習慣，與不斷質疑我看不到她眼中的髒汙，最後讓我和她撕破臉的事件是，我和她一起網購買了新的廚具，送出訂單後我立刻要給她錢，但她說等到貨品寄到後再說，當拆開包裹開始使用時，她開始惱火起來說我白用她的物品。我反駁說不，我並不是白用沒付錢，我早就要給她錢，可是她不收。我貼在廚房的邊角，想辦法禮讓她，給她最大的位子站，她憤怒地說：「妳別怕我，我不會要咬妳。」一邊把手指用力分開作勢向前，像野獸一樣地張牙舞爪。我站在廚房發呆了很久，腦袋分泌出一種酸苦的汁液，頓時讓我哽咽，無法思考也無法流淚。好像有細小的電流不斷電擊四肢，我麻木地發痛。我反應不過來，我反應不良。

即使如此我還是得面對現實，面對自己的處境，不能像雕像一樣站在別人廚房裡一輩子。我命令自己的軀體到客廳拿手機，經過客廳時遇到坐在餐桌的她，她問我：「妳搬出去好嗎？」

我說好，我知道我沒資格再說不了。

我與學姐平分了一切開銷、房租。每次我交錢給她時，她都會問我還有錢嗎，隱隱戳痛我。在我們談談的開頭，她問我是不是覺得她瞧不起我，自以為是《寄生上流》那部韓國電影裡的窮人家庭那麼低賤。我與她聊天時，她不時問我家裡的狀況，難以說謊的我，只能如實招來。沒想到她看到的，唯有我多麼不堪的部分。

她的不悅、攻擊性的言語，我都能忍耐，直到她說我白用沒有付錢，我才真的惱火，直擊了我性格的底線。我確實沒有多少錢，我承認自己出生低賤，但我不至於淪落到覬覦他人的物品。她真切地把我看成《寄生上流》裡像是蟑螂一樣有旺盛生命力，悲賤到底的那群人，要是不拿拖鞋打跑蟑螂，牠們就要得寸進尺爬到食物上。

我很感謝她收留我一個月又五天，使我有一個客廳的沙發睡，不用暴露在武漢肺炎疫情前十大嚴重的土耳其。她請我離開的時間，正好是封城的禮拜天，無法外出上街。她好心多留我一天，讓我明天再搬家。我坐在沙發上打電話，詢問宿舍住宿事宜，與更改機票時間。母親好不容易湊出來的機票錢，班機卻被取消了，母親深怕錢拿不回來，不斷催我處理。我不吃飯又使學姐大大不悅了，因為我準備了早餐的食材，卻沒有料理全都退回冰箱，她最痛恨浪費食物，而此刻我更怕流落街頭。種種的雜事讓我沒了食慾。

航空公司電話依舊無法打通，不過宿舍聯繫好了，確定明日可以入住。下午三點我才煮了今天的第一餐，我用平底鍋煎了鬆餅，等待鬆餅熟透的空檔，俐落地做了鮪魚沙拉。洗餐具時一眼也不想看晾在碗架旁的紫色鬆餅鍋，那個學姐說我白用的新廚具。我扶著黃色大理石的流理台做最後確認，學姐要求孜然、茴香、鹽、咖哩的香料罐要照順序排放，四罐沒有標記一模一樣的金屬銀色香料罐，直到住宿的最後一天我還是想不起這四罐的順序為何，只能做到把它們排好放在刀子組前，把油罐擺在香料罐的左邊。擦乾流理台上所有的水珠，不然她看到會心情很差。

學姐恰巧跟我同月同日生，我以為這代表多麼不可思議的巧合，實際上，我與她的喜好、生活習慣與掌握細節的差異，差距大到一起住一個月又五天就得絕交。離開她的公寓後，我與她就再也沒有見過，也沒有多餘的聯絡。

計程車把我載往另外一間宿舍，學姐的公寓離我越來越遠。她公寓對面的公園的樹還是冬天的枯枝，往常四月春雷早已落下，四月底植物早被春雨滋潤過發滿綠芽。武漢肺炎暫停了人類活動，讓冬天更加漫長。武漢肺炎使我有機會，在學姐家住過長長一段日子，學姐的公寓是我對於住處最美好的想像，我腦海清楚地記著，書房的大落地窗把每本書照得晶亮，聊過白天黑夜光陰無限的客廳，臥室床邊小圓桌上的香氛蠟燭的甜蜜花香竄滿整層樓，小巧但功能俱全的廚房，走廊上鋪的波斯地毯。每個禮拜學姐邀請我去她家玩時，與她一起閱讀食譜試做新的菜色，那些回憶像照進她家的陽光晶閃閃地發亮。我清楚從她煩躁扭曲的表情了解，我再也不是她的客人名單中的一員。

我想起了另一位很久沒聯絡的朋友，中國人S姐姐，她告訴了我她心中最大的祕密後就疏遠了我，她每次見面都一再盤問我是否洩密，並不斷要求我發誓不會說出去，後來我和她的關係就變成不再說話了。

許多在土耳其結交的朋友，最後全都散去不再聯絡。一開始，他們將那些最初的善意和幫助一一交付到我的手上，而在我學業的尾聲，他們再一一從我手中收回，當著我的面摔裂在地上。回程時，我再踏著他們給予過的心意，就像學姐家很慢的刀切出來的不乾脆斷面，拖曳下長長一段痕跡。

轉來 túi^{n}--lâi

我把自己埋在土裡，我也能自己從土裡走出來，離開土耳其。

在土耳其的我很笨，很大的原因，是我說不好。土耳其語的舌頭，土耳其式的應對，都與我非常不合，我好似接到一個體質不合的器官，導致全身敗壞，唯一的解方就是切掉爛掉的舌頭。

我轉來台灣，我接轉來台語的喙舌，學羅馬字寫台文。從到今無一件代誌，予我完全的安心，講寫台語 ê 時，我得著自來無感覺過的平靜。毋管敢有來 **Turkey**，早慢我攏會發現我是 **Tâi-oân-lâng**（台灣人）。我希望以後盡量以台文做創作的語言。

聽到台語歌時特別安心，我聽得懂台語，但我的家人不願意對我說台語，像是大部分的人一樣，全盤接受「去台灣化」的教育，沒有意識到母語需要保存，嚮往外國的月亮（決定去土耳其留學時的我也是這種人），沒想過要愛惜自己的月娘。許多人對台語有種家庭的依戀，讀完這本散文的你，應該可以了解家人更接近是我出生的原罪，像是從小纏斷腿的裹腳布，每一個步伐都帶著他們形塑的痕跡，老害我走不好路。

原本我身邊沒有說台語的人，台語似乎與我的連結非常薄淺，對台語歌的喜愛，簡直像是沒有原因，直覺性的喜歡。神奇的是，我展開台語生活後，身邊自然聚集了同樣熱愛台語的人。

大四感覺快撐不下去時，我就會不斷重複聽鄭宜農和陳嫺靜對唱的〈街仔雨落袂停〉，歌詞敘述兩個思慕的人互相想念著對方，歌詞唱到：「我嘛佇予人等待。」一晨在台灣等我回去，我值得被人等待這件事，十分撫慰我的心。我便能從歌詞中獲得面對處理困難的能量。

在土耳其最後的日子，我學會了說謊，日子便輕鬆起來了。別人問我來多久，我回答幾個月，讀什麼科系，我信手拈來一個剛聽到的名詞。不理會對方的說教，比如說你要多講土耳其語，多交土耳其朋友。盡可能不去專心聽別人說話，隨手把剛聽到的事情立刻忘記。我討厭土耳其的一切，這件事難以向土耳其人說明，難以向父母說明，難以向朋友說明，只有我自己了解自己的感受，也只有我必須承擔自己的選擇，這樣一想他人的言語便都是屁話了，絕對不要聽信任何對自己的咒罵，那只有惡意沒有真實性，從此以後，我下定決心，我應該基於我想要來行動，而不是他人想要我做。這是件很難的事，我還是會被無聊的閒言閒語刺傷。

在書寫這部散文時，我必須不斷回想過去，每次動筆記下發生的事，就覺得自己很愚蠢，並且這個愚蠢延綿了數萬字。還不能用什麼文學技巧剪接得很蒙太奇，造一篇美文，只能敘事再敘事，為了對得起真實，面對毫無保留的真實，同時又讓我討厭起自己，簡直像是直盯著鏡子十分鐘，最後只能把眼睛盯在巨大的痘疤，突出的粉刺，明顯的雀斑，臉上一切的痕跡，事件的痕跡，讓我遠離完美。我想過乾淨的人生，明知毫無可能，還是厭惡經歷過這些事情的自己，我常因為回想這些事件時帶來的羞愧，以至於全身發抖。

這部散文集的誕生，必須感謝文化部的青年創作補助計畫，如果沒有得到補助的金錢，我無法耐心寫完這些漫長痛苦的蠢事，肯定我的寫作能換取讓我存活的金錢。這個散文集的初衷，是我寫在噗浪的雜記的完整版，我無法克制絕對要發洩情緒這件事，不過有些朋友覺得寫到了他們的心情。後來因為一些原因，我不太在噗浪寫雜記，我覺得那些像是原礦一樣粗糙的個人私事，只對我有意義，於是我又像高中一樣開始寫在日記本上。

當武漢肺炎疫情打亂一切，我處於這幾年現實和精神上最深的低潮，好幾位台灣的朋友卻想主動借我錢，讓我過好一點的日子，只要得到一點點的慰問就讓我十分感動。

明明離開台灣時，我想改造成一個自己都認不得，更好的版本的自己，回到台灣時卻想找回過去的那個無懼的自己，對一切都還有嚮往的自己。

最後的後記：其實有個東西我非常在意

出版社希望在紙本書出版之際，我可以寫一些感言。大體上來說，關於這部散文我已經沒什麼可說了，我一向不大記得自己寫過的東西。發表作品後接到宣傳和講座的機會，我再讀一次都是為了預備演出自己是作者的台詞。這篇後記用來記錄作品發表後發生的奇事，先說壞的。

這本書的電子書版本先出版後，我看到的第一個負面評論是「她真的有想清楚嗎？」這句話十分耳熟，這本書曾經參加過一個知名文學出版補助，其中有個評審在決審會議紀錄中，說他覺得這本書就是一個很典型，作者其實雖然看起來好像很知道自己在做什麼，但是其實並不知道的例子。甚至說：「作者並沒有思考什麼事情該寫，什麼事情不該寫。」

這位評審以一位長輩似的口吻提醒我，這讓我感到十分不快。他的提醒甚至是一種過度的擔心，就像是跟女性說妳要怕被強暴，妳最好天黑前就回家，衣物要遮到小腿，妳最好都不要出門，也不要和任何男性共處一室，徹底防範被強暴的風險。

現在台灣早就沒有出版管制了，理應沒有什麼不應該寫的題材和敏感字眼，只有美不美，暴露書寫的策略能否達到我要的效果的問題。公開這部散文，對我是否造成傷害，這只不過是我個人的感受。為了達成目的，我願意承擔關於這本書所招來的一切指教。但，我最不需要的就是跟我說，你會受傷所以最好不要暴露。

另外一件壞事，是這本書在網路上連載後，果不其然被彼箍找到了，我一一將他創的分身帳號、粉專和社團封鎖，大概有十來個。他跟弟弟說：「姐姐把家裡寫得太壞了，還跟男人跑了十分惡劣，都找不到人也不回家。」後來我拿到九歌的出版合約後，他卻稱我為女兒，當作是自己的事一般炫耀一番。只要有一點點名利的可能性，就算這本書是父仇系散文，我爸也會視為寶，他絲毫不理解我很困擾。

再來講好事的部分。

臨近大學畢業，我找不到一份合意的工作，在晨的建議下備考台文所，中興大學是我最想去讀的學校，台中離老家有些距離，不像台北那麼擁擠，但也是個方便的城市，樓沒蓋得太高。我對自己一定會考上興大充滿自信，連我自己也說不清怎麼如此把握。

自出版電子書後，我寫信給所上老師表達想要贈閱拙作，所長陳國偉回信給我說之前就知道《我》這部散文，因為他正是我那屆文化部創作補助的評審。充滿失敗的散文，幫我牽了一條研究所的路。讀研究所後終於讓我從散漫的生活，有一個固定前往的地點和充滿善意的群體。

許多讓我感到完蛋的時刻，我幸運地再度被身邊的人接起來。我不會說自己是個有才能的人，但我是一個很好運的人。

最後鳴謝幫助過我的友人、讀者和機構

《我把自己埋進土裡》電子書的製作人員：

Mâzon。平面設計師，友情贊助我封面。若喜歡他的畫，速速寄信到Mâzon仙的信箱洽詢！Email：mazonbirb@gmail.com

許宸碩。他身兼服侍作者的編輯和天天被情緒勒索的男友。

感謝幫忙看稿的友人：

邱常婷、晨心、Fe、病毒、夜子、游喬安、貓貓。

感謝機構：

再次感謝文化部青年創作補助願意給予這部作品補助，感謝紅樓拾佰仟萬出版補助讓這部作品有初次曝光的機會。最後，感謝九歌願意給予這部已經出電子書的散文作品一個機會，讓它變成能面對書市與讀者的紙本作品。

謝謝，一直以來支持連載以及購書的讀者們。有你們的閱讀，讓這部作品終於免於在我最沮喪時被刪除的厄運。

附錄

出版坎坷：《我把自己埋進土裡》散文連載完結&自出版心得

在土國留學時，我常想著死。雖然我對死沒什麼經驗，偶爾聽到誰死了，但我還沒死過，沒做過的事代表沒有經驗。我在寫《我把自己埋進土裡》時，會想著如果死掉了，就不會有人替我寫下去了，太可惜了，雖然好痛苦喔，很想現在就去死，但還是應該寫完。如果我沒寫完就死掉，不知道要不要把補助金還給文化部，要還錢太慘了。還是寫完吧。

下賤種的命就是比較堅韌，畢竟我命沒好過，很有空間給人羞辱與觀看。如果我有尊嚴，我大概就不會寫了，有尊嚴的人比較需要遮羞。如果我能偷偷摸摸地在噗浪發表這些文，那在現實上比較不會如此赤裸地展示，可是這是行不通的，如果想要被更多人看見，得到我想要的成果，勢必得讓自己暴露。

友人曾關心過我，要我與散文做切割，我嘗試過。如果是小說，我想還有機會，但散文就不行了，如果切了就斷裂了，我必須全部接納才行，主體性必須連貫。只是，由於作品和我連在一起，當這個作品不怎麼受到出版社青睞時，對我影響就很大了。

最近，在我的散文電子書出版後，我看到餵鹿吃書寫：

「這是個人不算長的工作經驗中，反覆認真思考依然得不出答案的第三個出版倫理學難題。（前兩個《絕歌》與《房思琪的初戀樂園》）如果已經確定出版後會出事，那有足夠的勇氣承擔嗎？沒有，於是這份稿件，在企畫資料夾內擱著再想想。下次拿出來重讀時，是去年十二月〈痛覺失調〉這篇引起的討論，再想了第二次，試著寫完出版企畫，林林總總支出金額算完。想了第二次之後再把稿子收進抽屜。當看到其他社群平台有人質疑作者還沒想清楚，我只敬佩不斷尋求出版可能性的勇氣。」

或許是因為某種內心誠實的暴露性質，《我把自己埋進土裡》常被跟林奕含想在一起，然而，當我因為這樣反而無法出版時，這讓我感到很荒謬，也導致我不大想動筆寫現在受到補助的小說——因為我覺得寫了很無用。

連這本散文集都沒有出版社要出，台語文的小說大概更不會被看見。以前寫《我把自己埋進土裡》時曾經有期待，但現在我就不能有期待，因為期待都落空了。

不被看見的作品，跟躺在資源回收桶中的文件差不多，所以我就全部發表了，無所謂了。我以為連載後得到的惡意絕對比善意多，但事實上卻是相反。連載途中，我還是很想把《我把自己埋進土裡》毀滅，當作沒發生過，最終還是完成了，甚至自己出書了，可以每天看報表，把所有賣書錢都歸自己所有，比我想像得好，身邊的友人對《我把自己埋進土裡》的發展都比我樂觀很多。

我在推特找「#我把自己埋進土裡」這個關鍵字，發現這是一句流行語，跟「我要去波蘭」差不多，意思就是做了一件很丟臉的事，需要搭飛機去波蘭遠離家鄉人間蒸發。令我感到好笑的偶然，很窒息的標題卻有滑稽的意思，又很合，荒謬到極限時都會很好笑，我最喜歡聽到人笑了。

28 餵鹿吃書的《我把自己埋進土裡》推薦文：https://www.facebook.com/feedmebooks19/posts/3201103673460769。

九　歌　文　庫　1389

我把自己埋進土裡：
我在我的世界爆炸後就去了土耳其留學

國家圖書館出版品預行編目（CIP）資料

我把自己埋進土裡 / 我在我的世界爆炸後就去了土耳其留學 / 玖芎著 .-- 初版 .-- 臺北市：九歌出版社有限公司，2022.09
面；　公分 . --（九歌文庫；1389）
ISBN 978-986-450-477-0（平裝）
863.55　　111012055

作　　者——玖芎
責任編輯——李心柔
創 辦 人——蔡文甫
發 行 人——蔡澤玉
出　　版——九歌出版社有限公司
台北市 105 八德路 3 段 12 巷 57 弄 40 號
電話 / 02-25776564・傳真 / 02-25789205
郵政劃撥 / 0112295-1

九歌文學網　www.chiuko.com.tw

印　　刷——晨捷印製股份有限公司
法律顧問——龍躍天律師 ・ 蕭雄淋律師 ・ 董安丹律師
初　　版——2022 年 9 月
定　　價——380 元
書　　號——F1389
I S B N——978-986-450-477-0
9789864504817(PDF)